威廉·温顿

科幻系列

隐秘之门

Kryptalportalen

〔挪威〕博比·皮尔斯 著
BOBBIE PEERS

嵇凤娇 译

人民文学出版社
PEOPLE'S LITERATURE PUBLISHING HOUSE

著作权合同登记号　图字 01-2019-3056

KRYPTALPORTALEN
Copyright © Bobbie Peers 2016
Published by agreement with Salomonsson Agency AB through The Grayhawk Agency.
All rights reserved.

图书在版编目(CIP)数据

隐秘之门／(挪)博比·皮尔斯著;嵇凤娇译. —
北京:人民文学出版社,2021
(威廉·温顿科幻系列)
ISBN 978-7-02-015351-0

Ⅰ.①隐⋯　Ⅱ.①博⋯　②嵇⋯　Ⅲ.①科学幻想小说
-挪威-现代　Ⅳ.①I533.45

中国版本图书馆 CIP 数据核字(2019)第 112055 号

责任编辑　甘　慧　王雪纯
装帧设计　李　佳

出版发行　**人民文学出版社**
社　　址　**北京市朝内大街 166 号**
邮政编码　**100705**
网　　址　**http://www.rw-cn.com**

印　　制　**上海盛通时代印刷有限公司**
经　　销　**全国新华书店等**

字　　数　**110 千字**
开　　本　**890 毫米×1240 毫米　1/32**
印　　张　**6.5**
版　　次　**2021 年 4 月北京第 1 版**
印　　次　**2021 年 4 月第 1 次印刷**

书　　号　**978-7-02-015351-0**
定　　价　**39.00 元**

如有印装质量问题,请与本社图书销售中心调换。电话:010-65233595

古异馆

庞多斯·迪佩尔把前额靠向电梯旁的扫描仪,这是他夜晚离开之前的最后一道门。楼下都是从世界各个角落收集而来的奇珍异宝。如今它们安全地陈列在后人类研究所地下的古异馆中。

一道绿光扫过庞多斯的额头,电梯叮的一声打开了。他走进电梯,两个护卫机器人跟他一起进了电梯,门随即关上。电梯门再次打开,庞多斯穿过一段长长的走廊,在一道钢制防盗门前停下脚步。庞多斯和机器人都没有注意到他们身后有个黑影正在接近。

庞多斯又把额头靠在一个扫描仪上。

"欢迎。"一个电脑合成音说道。

门嗖的一声滑开了,灯光顿时洒进幽暗的走廊。他正准备走进房间,一个护卫机器人在他身后说道:"站住!"

庞多斯急忙转身,看到一个身影正在靠近。一个女人慢慢走到了亮处,她凌乱的黑发触手一般挂在脸上,咧着的嘴里龇着两排黄牙。女人的左手上有什么东西在昏暗的灯光里闪烁。

"站住！"护卫机器人再次说道。

电光火石间，女人举起她的金属手，一道光射出，两个机器人立刻消失不见了。

"不，这——这不可能……"庞多斯说着，一边举起双手防卫，一边后退，"不可能的。你应该已经……死了！"

女人跟着他走进房间，关上了身后的门。

第一章

　　威廉看着天花板上的红色灯牌写着：直播。他能感受到近旁舞台灯里散发出来的灼热。一个戴着耳麦的女人疲惫不堪地站在他对面，在她周围，工人们正忙着搬运大堆电缆。威廉目不转睛地盯着耳麦女，只等她朝自己竖起大拇指，他就该上台了，开始他在电视上的首次亮相。

　　即便在最离奇的梦里，他也没有想象过自己身处这样的场景。小时候到现在的大部分时光，威廉都借用假名生活在挪威一处隐秘的住所，但是现在好像所有人都认识他了——即便不认识，也至少听到过他的名字，因为他解开了世上最难的密码。今晚，他就要在国家电视台上露面了。他将成为一个明星，而他不确定自己是否喜欢这样。

　　戴着耳麦的女人朝他竖起了大拇指，他听到幕布后响起掌声，人们在叫他的名字。几百个他不认识的人齐声喊着他的名字，有点吓人。威廉感到自己的脚好像粘在了地上，动弹不得。

　　"威廉·温顿……你在哪儿？"他听到主持人的声音从舞台上传来，"威廉也许在后台找到了一个密码，必须先解开才行。"

观众听到这话都笑了。

有人开始有节奏地喊他的名字："威——廉……威——廉。"

很快，数百个声音齐声叫道："威——廉……威——廉……威——廉。"

人们拍手顿足。耳麦女冲过来，怒气冲冲地示意他上台。威廉深吸了口气，从幕布间狭小的缝隙穿了过去，来到台上。他一出现，耀眼的灯光立刻打到他的脸上——他什么都看不见了，观众们立刻发出一阵兴奋的欢呼。

"这边，威廉！"刺眼的灯光里，主持人不知在何处说道。

威廉开始迈步，但是被一根电线绊了一下，摔了个大马趴。有几个人倒抽了口冷气，但也有个人笑出了声。是维克托·汉森，他自称天才密码破译大师，就是这个自称天才的家伙在破译世上最难的密码——"无人能解之谜"中输给了威廉。

威廉踢开缠脚的电线，站了起来。

"但愿你有人身保险。"胖乎乎的主持人一边说道，一边摇晃着过来扶他起来。

卢多·克拉波特咧嘴笑着，洁白的牙齿闪着光，威廉迷糊地看着他。在"无人能解之谜"展览上，威廉见过他一面，也是在这个展览上，威廉破译了世上最难解的密码，从此人生发生了天翻地覆的变化。卢多领着威廉走向沙发，示意他坐下来。

维克托看到威廉就立刻板下脸来，朝旁边挪了挪，想和他隔得越远越好。卢多忙走回桌后，坐了下来，冲着两位嘉宾微笑。威廉感到头顶天花板上聚光灯炙热地烘烤着，看到两台电视摄像机在他们前面移动。一台摄像机正对着他，他能够看到自己出现在舞台一侧的屏幕上。他一向苍白，此刻在耀眼的灯光下更显得面无血色了。

"威廉，和这位几个月前你深深羞辱过的人坐在一起，你现在感受如何？"卢多问道。

威廉没有想要羞辱谁。他转头看到维克托正抱着手臂，跷着腿。显而易见，维克托讨厌他。

"你感受如何？"卢多不耐烦地重复道。

"我不知道，"威廉说，"我的意思是……我没想破解这个密码。"

"没想破解密码？"维克托咯咯笑着说道。

"如果不是有意为之，一个人怎么可能破解这么难的密码呢？"

"维克托说得有理，"卢多看着威廉说道，"你怎么可能不小心就解开了'无人能解之谜'呢？"

威廉可以告诉他们，他的身体中有百分之四十九都是一种高科技的金属——骇金，这种金属能够帮助他无意识地解开各种复杂的密码，但是他什么都没有说。

"也许他之前就已经知道了该怎么解。"维克托斜瞄着威廉说道。

"是这样吗，威廉？"卢多连忙问道，"你之前就知道破解的方法吗？"

"不，我不知道。"威廉答道。他瞥了一眼端坐在椅子上聚精会神的观众们，继续说道："是真的，我什么都不知道，就是解开了……"

大家都呆坐着，好像要永远沉默下去。突然，卢多笑着拍手说道："我们可不能都这么呆坐着，忘了是来干吗的。"他笑着起身，指向演播厅观众席："你们准备好了吗？"

观众席响起热烈的掌声。

"你准备好接受挑战了吗？"卢多指着威廉问道。

"嗯……"威廉不确定。没人和他说过挑战的事儿。

"太好了。"卢多兴奋道，用他那胖嘟嘟的手打了个响指。

这时，一个身着耀眼长裙的女人从幕布后走上前来。她推着一辆送餐的推车，车上是一只大银盘，盘上的盖子闪闪发光。

卢多转向观众席。"你们准备好了吗?"他喊道,手指向舞台后面室内交响乐团的鼓手。一阵热情的鼓点震得燥热的演播厅嗡嗡作响,观众再一次欢呼起来。

"你们说呢,"卢多朝着人群大喊,"要不要再给维克托·汉森一次机会?"

"要!"观众大喊,声音响得地板都在颤动。

"你们想看这盖子下面是什么吗?"卢多指着推车问道。

"想……"观众喊道,震耳欲聋。

卢多抓着盖子上的手柄,顿了一下,猛地掀开了。

观众们都呆住了。

威廉不敢相信自己的眼睛。在他面前是两个彩色的小盒子。两个盒子的前面都用金色的大字写着:"难解之谜"。透过字母下面的塑料膜能够看到盒子里面的东西:是像"无人能解之谜"的金属圆筒,也就是那个威廉解开而维克托没能解开的密码。

"你觉得它像什么?"卢多笑着问威廉。卢多拿起一个盒子以便观众也能看到。"明天,你们就可以在挪威的每一个玩具商店里买到。"

人群一阵欢腾。威廉不敢相信。这是一个玩具版的

"无人能解之谜"。

"想不想看世上最厉害的两位密码破译大师谁能更快解开这个密码？"

观众席爆发出雷鸣般的掌声。人们难道真的想看他们比赛破解玩具吗？

卢多举起手示意人群安静，随后转向威廉。"好了，威廉，你准备好接受挑战了吗？"

威廉看了一眼观众，又看见维克托朝他咧嘴笑着，感到自己进了一个骗局，只是当下，无路可退了。

"但是，它们不是……真的——"威廉说道。

"好极了，"卢多打断他，"你呢，维克托？"

维克托脱了自己的皮背心，甩了甩自己的金色马尾辫。"只要有好密码，我随时都可以！"他掰得手指咔咔响。

"规则很简单，"卢多说，"先解开的人获胜。"

卢多朝穿着长裙的女人点点头。她打开盒子，把两个圆筒摆在他们面前的桌子上。

卢多举起双臂，仿佛要开启一场汽车竞速赛，他转身问威廉与维克托："准备好了吗？"

维克托点了点头。

威廉又想反驳，但他忍住了。是的，他是受到了欺骗，但是他已经无法脱身了。刹那间，他打定主意，看着面前的谜题，点了点头说："准备好了。"

"太好了！"卢多喊道，并开始倒数，"三……二……"他把肥嘟嘟的胳膊在空中停留了几秒，最终落下，喊道："一！"

维克托立刻拿起圆筒，威廉也是，但他马上察觉到玩具和真正的"无人能解之谜"在质量上的差距——玩具大部分构件都是塑料的，整个装置要轻很多。圆筒的各个部分可以扭转，小方片可以上下移动。每一块上都有标识，威廉需要用特定的顺序移动构件直至解开密码。

他看向维克托，发现维克托已经渐入佳境了——他长长的手指在圆筒上翻飞，不停地扭转。他已经完全沉浸在破解中，一滴口水在他的下唇上摇摇欲坠。

威廉闭上双眼，聚精会神，等待体内的骇金掌管意志，就像他之前每次想解开密码时一样。接着，他感受到了骇金苏醒时的奇异感觉。他的胃一阵刺痛，接着是脊椎，最后来到了他的手上。

他周围的一切都消失了，圆筒开始发光分离——所有的构件都在空气中飘着。威廉知道只有他能够看到这些符号在他面前扭转、翻腾。它们有的向上移动，有的滑到一边——谜底正在慢慢成形。就像这样，骇金先组织密码，然后威廉才能够随之找到答案。威廉看向圆筒，开始上下左右移动小方块，模仿刚才飘浮着的符号的移动轨迹。

他手上的动作越来越快，以极快的速度扭转圆筒的各个部件。威廉知道自己就要赢了，没有什么能够阻止他的胜利。

一道亮光在他眼前闪过。开始，他以为有人把一束舞台灯光打到了他的脸上，但是这光又仿佛来自他的脑海，随后炸裂成一个个小小的闪电球穿过他的视线。他的脑海中响起爆炸的声音，他感到自己的身体绵软无力。不对劲。他的手指不由自主地颤抖，几乎无法握住装置，方才围绕在圆筒周围的光也不见了。

一定是哪儿出了错。他整个身体都在颤抖，他的手冷得没有一丝知觉。突然间，威廉感到身边的一切都变了样。不知为何，他正站在一个巨大的洞穴里。他抬头看到一个硕大的闪闪发光的金环在他上方飘浮着。

须臾，威廉又回到了演播厅。就像慢镜头一样，圆筒从他僵硬的手指中滑落，掉在地上，摔成了碎片。他迷惑不解地盯着地上的碎片。威廉看到人们都向前探身，互相窃窃私语。他又看向维克托，对方正以胜利者的姿态高举着谜题的两半。

圆筒分成了两半，维克托解开了密码。他像只发了疯的袋鼠似的乱跳着喊道："我赢啦！我赢啦！我打败了威廉·温顿！"

第二章

　　威廉坐在书桌前看着手中金属方块上奇怪的符号。他按了其中一个符号，方块咔嚓一声开始震动。他把方块放回桌上——在此之前，这个晚上威廉已经解开了一堆机械密码。

　　在电视直播上输了比赛之后，他直接回了家，花了一整晚顺利地解开了一个又一个谜题。面前书桌上大多数密码都比那愚蠢的玩具难上数倍。在演播室到底发生了什么？他看到的那个发着光的金环又是什么？

　　他躺进椅子，看着窗外黑暗的夜空。他在想，外公此刻在做什么。托比亚斯·温顿在英国后人类研究所工作，威廉上次见他已经是差不多三个月之前了，那时他正准备踏上一段秘密的旅程。

　　威廉拉开外公留给他的木质大书桌上的抽屉，从里面拿出一只小小的金属螃蟹，它差不多有一个西餐盘那么大。这只机械螃蟹是他的老师汉博格先生布置的任务。威廉已经为它忙活了好几个星期了。螃蟹还要微调几处，所以威廉拿起了螺丝刀，又忙活起来。

几个小时之后，威廉坐在了餐桌边上。他整夜片刻也没有合眼，感到晕乎乎的。妈妈正背对着他，烤着薄饼，每次威廉心情不好，她都会做烤薄饼。他看到桌上放着折着的报纸，标题写着：威廉·温顿难道是个伪天才？标题下面是维克托·汉森的照片，照片上他高举着解开的密码，欣喜若狂。

"威廉，今天你想吃多少都行。"妈妈说着把堆满烤薄饼的盘子放在他面前。

威廉耸了耸肩。在万众期待中输了比赛，和他失去了对自己身体的控制，他不知道哪个更糟糕。那突然袭来的感觉到底是什么？是什么疾病发作吗？他想告诉妈妈，但是过去几个月她已经经历了太多痛苦，他不想再让妈妈担心。只希望之前的感觉不要再出现了。

妈妈注意到了桌上的报纸。她忙拿了报纸，塞在橱柜上一堆旧报纸的下面。然后，她转身在威廉面前站定，看着他吃东西。

"你还好吗？"她问道。

"嗯，"威廉撒谎了，"怎么了？"

"只是……"她顿了一下，仿佛在斟酌自己的用词，"在电视上……你看上去有点怪，像是哪里不对劲。"

"我没事，妈妈。"威廉说着挤出了个笑脸。

　　突然有什么东西撞到了走廊上，妈妈吓了一跳，那动静大得像有一架钢琴从楼梯上砸了下来。"他逐渐开始知道怎么用了。"妈妈笑着说道。换了个话题，她看上去轻松多了。

　　走廊上传来一阵呻吟。

　　接着他们又听到一声撞击的巨响，妈妈忙赶了过去。

　　"需要帮忙吗？"威廉喊道。

　　"没事！"爸爸喊道。接着又是几声撞击和玻璃碎掉的声音，"小问题，调整一下就好。"

　　"正好我一直不喜欢那个花瓶。"妈妈说着走回了厨房。

　　威廉直起身看向门口。他听到沉重的脚步声在靠近。

　　"早啊，威廉——"爸爸刚说了这一句，就继续高速冲向厨房。在他的两条腿外侧，从胯骨一直到双脚，安装着金属支架。支架用尼龙扣固定在脚踝上。"我能行的。"他一边说着，一边咬着牙摇摇晃晃地走向椅子，像一个蹒跚学步的婴儿。

　　爸爸身上安装的是局部外骨骼。威廉以前看过很多关于外骨骼动物的自然节目，比如说甲壳虫，当然他也知道希腊语中"exo"是外部的意思。这副外骨骼，后人类研究所几周前就寄过来了。随之而来的是寄给爸爸的一封信，说这副外骨骼是新型样品，想请他试用。这产品能让像爸爸这样的人不用轮椅也能走路。这是研究所的第一套原型产品——一副外骨骼能够保护穿戴者在岩洞与丛林搜寻隐秘的古董与古老的密码时不受伤害。

最初他毫不犹豫地拒绝接受这个礼物。因为威廉上次在研究所经历的危险，爸爸不想和他们再有任何瓜葛，但是最后，妈妈还是劝服了爸爸尝试一下。现在她可能已经后悔了吧，因为他们的家就像是被一群水牛撞过一样。

爸爸的脚砸向地面，之后撞向了冰箱。他向后翻倒，又撞上了橱柜。

"你今天怎么样呀？"爸爸勉强问道。

"还好。"威廉拿了一片烤薄饼在自己的盘子里，他又没说实话。

爸爸砰的一声摔在了威廉边上的椅子里。"嗯，烤薄饼。"他说着从一堆饼子上面拿了三片。

"别再为昨天的事情不高兴了，我们都知道你是世上最棒的破译者。"爸爸说着，挤出了一个笑容。

听到爸爸这么说，威廉感到好多了。一年前，他还强烈反对威廉破解密码，根本不允许威廉学习密码学。但是自从研究所最终把威廉从亚伯拉罕·塔利手里救出来，他就慢慢接受了这个现实：威廉骨子里有解密的天赋，就和他的外公一样。如今，爸爸能够发自内心地相信他、支持他，即使爸爸错了，他也真的很开心。威廉在昨天的比赛中输得很彻底，不可避免地，他的自尊心受到了严重的打击。

现在他害怕维持着他生命的、赋予他解密能力的骇金已经失效。他得回到后人类研究所，威廉知道只有他们能弄清楚他出了什么问题。

第三章

汉博格先生抱着手站在教室前,用他猫一样的眼睛盯着大家。威廉瞄了一眼老师突出来的大肚子,仿佛听到了倒计时的声音,提示这肚子马上就要爆炸,把他们都炸成碎片。

"大家都完成作业了吗?"汉博格先生问道。他使劲儿揉眼睛,简直要把眼睛揉不见了。

二十个学生一齐点头。

"威廉,你有什么要展示给大家的吗?"汉博格先生冷冷地盯着他说道,"还是说你忙着在电视直播上出洋相,什么都没做呢?"他突然咯咯地笑起来,马上又板下脸。汉博格先生一向不太喜欢威廉,他似乎不喜欢比自己聪明的学生,尤其是现在威廉被称作世上最优秀的密码破译者之一,声名鹊起,他更是恨得牙痒痒。"你们都看了威廉在电视上拙劣的表现了吗?"他问整个班级。

大家又一齐点头。

"太好了,"他笑着走向威廉的书桌,"我希望这次的事情已经让你对密码的兴趣没那么浓厚了,是不是以后可以多花点精力在学习上？"

威廉没有回答。他在电视直播中已经感到够挫败的了，不愿再在班级里表现出一丝软弱。如果他此刻软弱了，老师今后就不会放过任何一个机会嘲讽他、打压他。

"威廉，你的作品带来了吗？"汉博格先生问。

威廉看向地上的背包。当然，他已经完成了作业——机械螃蟹是他这么长时间以来做出的最酷的东西了。

"带了吗？"汉博格先生站在威廉的书桌前，咬牙切齿地问道。

"他带了，东西在他的背包里！"一个脸上长着雀斑的女生说着指向威廉的背包，这时一条纤细的金属腿正从背包里探出来。这条腿弯曲着、扭动着。威廉开始后悔把它带来学校了。现在，他只想一个人待着，不要有人打扰。

"好，那让大家看看吧！"

又有一条腿从背包里探出来，似乎这只螃蟹无论如何也要爬出来，所以他弯腰，小心地把小机械螃蟹拿起来，放在自己的书桌上。

"它还是个试验品，很脆弱——"威廉还没说完，汉博格先生就一把抓起了螃蟹。

"瞧啊，这是什么？"他嘟囔着，拿着机械螃蟹凑近自己的脸想一探究竟，"它能用来做什么？除了表面上是个机械螃蟹之外？"他用自己的指节敲着螃蟹的壳。螃蟹挣扎着，想从他的手里脱身。

"可以把它还给我了吗？"威廉不喜欢老师对待螃蟹的方式。

"当然了……不过首先你得向我们展示它到底能做什么。"汉博格先生突然转身，走回讲台。

威廉站起来，不情愿地走到教室前面。他拿起螃蟹，转身面对同学们。

"桑迪是一只机械螃蟹，"他开始介绍，"它可以做一些事情，比如说走路、攀爬、拿东西。"

"现在可以吗？"汉博格先生的胖脸上挤出不怀好意的笑容。显然他不相信威廉的发明。"那就让我们瞧瞧吧。"

威廉把小螃蟹放在书桌上。它站那儿没动。威廉用食指轻轻推了它一下，但它还是没动。

"不错呀，威廉。"汉博格先生冷笑道。

几个同学轻轻笑出声来，一个瘦高的男生，正好是汉博格先生最喜欢的学生，笑得特别大声。威廉想拿起螃蟹逃出教室，但是他没有。就在这时，螃蟹开始飞奔，冲向书桌的边缘。整个班级都倒抽一口冷气。

"抓住它！它要掉下去了。"一个女生喊道，但是螃蟹到达桌子的边缘时，突然停住，掉转了方向。

"它知道什么时候该转弯。"威廉对同学们解释道。大部分同学似乎都已经对它改观，威廉感觉好多了。

"它还会做什么？"汉博格先生看着自己的手表问，"除了移动它的脚。每个人有三分钟展示时间，威廉，你还剩三十八秒，让我们瞧瞧这机械玩具还能做什么。"

"有时候它能爬上墙。"

"不太可能的样子。"汉博格先生说。

"是真的！"现在威廉想让同学们看看这只螃蟹能做的所有事儿。他把螃蟹放在地上，它开始慢慢横着走，直到碰上教室另一端的墙面。

"时间到，"汉博格先生说道，"拿着螃蟹回到你的座位上去。"

一个女生指向螃蟹，原来它已经爬到了墙的半当中。向上爬的时候，它的金属脚上闪过小小的火花。威廉抓住了时机。

"它的肚子里面有一个静电发电器，"他解释道，"就跟你拿气球在头发上摩擦，气球能粘在头上一样，它能够粘在墙上。"

螃蟹慢慢向上爬着，一直爬到了墙角。它在墙角待了一会儿，又开始前进，壳朝下，横跨天花板。

"它从没做过这个。"威廉嘟囔着。

"什么？"汉博格先生问。

"现在这样！"威廉指着螃蟹说，"壳朝下走路。"

大家的目光都随着机械螃蟹在天花板上跑来跑去，突然它撞上了一盏灯，在汉博格先生的正上方停了下来。灯裂开了，一条螃蟹腿伸进了灯里。灯里开始闪起火花，接着教室里所有的灯都开始令人不安地闪烁起来，威廉的心脏都快停止跳动了。

"干点什么呀！"汉博格先生用肥硕的手指着威廉吼道，"整个学校都会短路的！"

威廉四下寻找，目光落在教室角落的一把长柄扫帚上。他抓起扫帚，冲向螃蟹。威廉正要举起扫帚，汉博格先生一把夺了过来，使劲儿拍打起螃蟹来。

"它卡住了！"他一边大喊，一边更加用力拍打。

螃蟹从天花板上掉下来，正好落在汉博格先生的头上。整个班级都惊得目瞪口呆，这时教室的灯闪烁了两下，熄了。

"把它给我拿走！"汉博格先生哀号着，拍打着自己的头，在昏暗的教室里跟跟跄跄，"它在哪儿？"

"在这儿！"一个男生指向螃蟹，它在老师身旁的地上。有烟从它金属壳的裂缝里冒出来。

"着火了！"汉博格先生喊道，开始用扫把头猛拍螃蟹。

"住手！"威廉大喊。

但是汉博格先生没有住手，他继续拍打着螃蟹，越来越用力。

威廉突然感到头上一阵刺痛。一阵令人麻痹的寒意从他的胳膊上蔓延开来，眼前出现了许多小小的光点。一阵尖锐的声音在耳边响起。他低头看向自己的手，它们在颤抖，像冰一样寒冷。威廉的胃在抽搐——这感觉和在电视演播室的感觉一模一样。

他得离开这儿。他想跑，但是迈不动腿。一道强光闪过他的眼睛，一瞬间，他又到了那个洞穴，站在一个飘浮的金环前。紧接着，他又回到了教室。

威廉竭尽全力走到汉博格先生身边，抓起螃蟹，逃离了教室。他能听到老师在他身后大喊，但那声音听上去遥远而又涣散——像从水中传来一样。现在唯一要紧的就是赶紧躲开所有人。

第四章

威廉在学校外面的人行道上停下来喘了口气。这次的发作似乎已经消退，手也不再颤抖了，但是他的心仍像蒸汽火车一样呜呜响。到底发生了什么？他看着自己手中的机械螃蟹。已经不再冒烟了，但它小小的金属身体一动不动。他把机械螃蟹放进上衣口袋里，迈开了步子。他得找到个能帮他的人。

"威廉……"一声粗哑的声音响起，就像来自他自己的脑海似的。

威廉停下来环顾四周。一个黑色人影站在路正对面的巴士公交站的阴影下。那个人静静地站着，几乎融入了背景之中。但是当那个人往前一步，威廉能够看出这是一个女人，齐肩的黑发遮住了她的半张脸。她穿着一件黑色的丝绒夹克，夹克上缀着金属纽扣，连着厚厚的兜帽，袖子很长。一双齐膝的靴子套在深紫色的裤子外面。女人的左手上戴着黑色皮手套。威廉闻到一缕淡淡的气味，就像烧煳的橡胶，这气味让他感到不适。

"你在颤抖……一切都还好吗？"那人用标准的英语问

道。这声音还是感觉来自脑海，威廉抬手靠近自己的耳朵。

"威廉，"女人继续问道，"你还好吗？"这次她的声音来自她本人，于是威廉放下了手。

女人又走了几步靠近威廉，威廉不由自主地向后退了一些。

"我要走了。"威廉说着径直走开。

"等一下。"

威廉开始加速。直觉告诉他，最好赶紧远离这个女人。他迅速朝身后瞄了一眼——女人已经不见了，但是他没有停下脚步。稍后，她站在威廉前方的人行道上，离他十米左右。威廉迷惑不解。没人能跑那么快，不可能的。

"我需要你跟我走，威廉。"女人说。

"你是谁？"威廉问。他的目光扫过四周，想寻找一条逃生的路线。

"你很快就会知道的。"她说着脱了皮手套露出一只机械手。那完全是一只机器人的手，是青铜或是黄铜打造的，有着闪闪发光的按钮、小小的齿轮，手腕上有一个圆形的测压表。女人按了一个按钮，机械手指开始咔咔地动起来，接着手也发出尖锐的响声。

"有两条路，你自己选，"说着她用机械手指着威廉，"是你自己乖乖跟来，还是……"

威廉僵住了。她在做什么？难道她的机械手是某种武器吗？

"整理碎片很麻烦的。"她说。

"整理碎片？"威廉后退靠着一根灯柱。

"哦，就是我把组成你身体的原子都撕碎，把你变成一堆灰尘。当然了，我也可以再把你组装回去……如果我愿意的话。"

刺耳的声音越来越响，突然，一束光从女人的手中射出。威廉赶忙躲向一边，躺倒在路中间。他看到刚才的灯柱已经消失，仿佛不曾存在过一样。他惊恐万分。女人打开机械手上的一个小盖子，滑向一侧，把里面灰色的灰尘倒在人行道上。

威廉站起身来，开始狂奔。他已经见识过女人移动的速度，知道自己不可能跑得过她，但是他得奋力一搏。突然，一辆黑色的轿车加速朝他开过来，尖锐的刹车声后，车在他面前停下，车门猛地打开。

"威廉，上车！"

他惊呆了。坐在后座的人竟然是外公！威廉正准备跳上车，却犹豫了——亚伯拉罕·塔利曾经变身外公欺骗他。但是托比亚斯仿佛知道他在想什么，敲了敲自己和司机之间的窗户。车窗摇下，一个司机朝他看来。威廉认出这是那个过去救过自己数次的高级机器人，于是放心地跳上了汽车的后座。车门一关，汽车立刻加速前进了。

威廉坐在座位上，朝后窗外看去。那个奇怪的女人不见了。

"你还好吗？你在躲什么？"外公问。

"是一个女人——不知道从哪里冒出来的，"威廉上气不接下气地说道，"她朝我射击！"

"朝你射击？"外公问，"用什么？"

"她有一只机械手，"威廉说，"那手能射出光线，让东西，怎么说呢，消失。"

外公听完面无血色，威廉在座位上不安地扭动。"她对你说什么了吗？"托比亚斯语速缓慢地问道。

"她想要我跟她走。"威廉说。直到此刻他才发现，因为肾上腺素飙升，自己的身体一直在颤抖。他深吸一口气，试着放松下来。

"那还好我们及时赶到了。"外公说着勉强露出笑容。

"你知道她是谁吗？"

"不，"外公说着，顿了一下，"暂时还不知道……但是我昨天看到了电视上发生的事情。"威廉感觉到外公有事瞒着他，但是自己又何尝不是呢。要是他觉得外公和其他所有挪威人一样，没有看出来他的不对劲儿，那他就太愚蠢了。

"我也不知道怎么了，就好像……"

"好像你对自己的身体失去了控制？"

"是的。"威廉点头，低头看向自己的手，"你是怎么知道的？"

"只是推测而已——但我们得在你身上做些实验才能知道到底是怎么一回事儿。"外公停了一下继续说道，"你准备好回研究所了吗？"

"准备好了。"威廉点点头。

"太好了。"托比亚斯笑着揉了揉他的头发，"我就知道你会愿意回去。我们等会儿在路上给你爸妈发信息，好让他们知道你去哪儿了。"他朝后窗外迅速瞄了一眼，转身回来敲了敲他们和机器人之间的玻璃。汽车立即掉转方向，飞速疾驰。

第五章

汽车在后人类研究所大门外停下。仅仅几个小时之前，威廉和外公被送到挪威离威廉家不远的一座秘密机场。汽车随即被装进一架高科技飞机，飞机即刻飞往英国，来到了研究所。

"亚伯拉罕·塔利在这里的地下室封存之后，我们不得不提升了安保等级。"外公说着指向门前站立着的两个护卫机器人。

威廉不寒而栗。亚伯拉罕·塔利曾想杀了威廉，好在研究所抓住了他并把他冰冻在一个无法逃脱的容器中，锁在研究所一个戒备森严的房间里。

一个护卫机器人向他们驶来，停在汽车边上。它就像轮子上安着一个消防栓。这个机器人有两条手臂，一只大大的眼睛在前额上，像猫头鹰那样可以旋转三百六十度。研究所里，护卫机器人是出了名的忠诚与固执，一点都不近人情。外公摇下电子车窗，向外看去。

"身份确认。"护卫机器人说着举起一面长方形屏幕。

"好的。"外公说着把头伸出车窗。

护卫机器人把扫描仪贴在外公的额头上，按下了按钮。扫描仪一阵嗡嗡，顶端一个灯闪烁着红光，这样闪了几次，变成绿色。

"托比亚斯·温顿。通过确认。"护卫机器人说。

"该你了。"外公示意威廉照做，"它会扫描你的大脑，这是最精准的身份确认方式。"

屏幕又变成绿色，于是汽车穿过大门继续行驶了一段长长的碎石路面，来到了主楼。大片草坪在两侧延展开来，只有护卫机器人在巡逻。

"人都去哪里了？"威廉问。

"绝大部分都被我们送回家了，"外公说，"现在的研究所更像是戒备森严的监狱，而不是高科技研究中心了。"

"就因为亚伯拉罕吗？"

"差不多吧。"外公似乎不太高兴。

汽车在正门前停下，威廉仰望着他们面前高耸的石制建筑。上次来这里只是四个多月之前，时间仿佛已经过去了很久很久，威廉很高兴能再回来。他打开门，正准备跳下车，外公拉住了他的胳膊。

"威廉，我要走了。"他说。

"什么？"

"我马上就要走，"外公继续说，"我有紧急事宜需要处理。"

"紧急事宜？"

外公顿了顿，坚定地看着他："研究所出了点事故……有东西丢了，我必须把它找回来。"

"什么东西丢了？"

"你不必担心，"外公说道，"你有你自己的问题需要解决。"

威廉不敢相信。他一直都特别期待和外公待在一起，但是现在还没搞明白自己的身体到底出了什么问题，外公就这样突然要走，真是太荒谬了。

"对不起，"外公轻轻地说，"真希望我能待在这儿解释清楚，但是现在最重要的是研究所直接在你身上做一些测试，弄清楚你身体的问题。你在这里会很安全，我已经吩咐了本杰明·斯拉普顿和弗里茨·高夫曼来照顾你。"

威廉坐回车上。他想起刚刚发生的一切——他的失控，袭击他的奇怪女人，研究所加强的安保，急着要走的外公。这一切应该都有关联，只是他不知道是什么关联。

"那个在学校外面的女人，"威廉说，"和这事有什么关系吗？"

"我们还不确定，但是我们一发现就会立刻告诉你的。"外公指了指威廉身后，"他来了。"

威廉转身看到本杰明·斯拉普顿正从大楼里出来。他好像很紧张，迅速扫了一眼周围的环境，朝威廉挥了挥手，就马上消失在大楼里。

"你可以过去啦。"外公安慰地笑道。

威廉下了车，看汽车沿着砂石路很快驶远。他赶紧爬上阶梯，走进宽敞的大厅。斯拉普顿正在等他，他的旁边是一辆车，两个黑色橡胶座椅后面有一台大风扇，好似盘旋的高尔夫球车。

"你终于来了，"斯拉普顿说着跳进驾驶位，拍了拍旁边的车垫，"我们时间不多——快上来把安全带系好。"他按了仪表盘上的一个按钮，风扇立刻嗡嗡地转了起来。

在沿着廊道行驶的过程中，威廉看向斯拉普顿。他很高兴再次见到自己过去的老师。老师的头发在风扇形成的气流中飘着，他的眼镜在鼻子上起伏跳动。虽然有安全带固定，但当斯拉普顿把方向盘向左急转的时候，威廉都快掉下去了。气垫车一个急转弯进入长廊，在墙上撞了一下，接着行驶得更快了。威廉用两只手紧紧抓住座椅。

"我们为什么这么赶呀？"他在风扇的嗡嗡声中问道。

"你看看，"斯拉普顿用一只手指着，"研究所已经变了。"

"都是因为亚伯拉罕吗？"

"是的，"斯拉普顿答道，"现在这里什么都不能做了。如非必须情况我是绝不会离开实验室的。"

"但是为什么安保这么严格？"威廉问，"他已经冻住了，看上去不太可能再爬起来逃走。"

"这可是亚伯拉罕·塔利。我们怎么小心都不为过。再说，安保既是为了防止他逃出去，也是为了阻止别人闯进来。"

"有人……想进来救他吗？"威廉问。

"实际上也是预防而已，"斯拉普顿说，"我们觉得那些想帮他逃脱的家伙早就死光了，谁叫塔利活了这么久呢。"

突然斯拉普顿一个急刹车，威廉向前猛冲。廊道上有一道屏障，两个护卫机器人站在前面。其中一个驶向他们的气垫车。

"我们四分钟前刚刚确认过身份。"斯拉普顿好像不耐烦了。

护卫机器人没有回应，径直举起了和威廉在大门前用到的一样的扫描仪。他们两个人都通过扫描之后，护卫机器人按下了墙上的一个按钮。门向外打开，哐啷一声猛地撞上了墙。斯拉普顿踩了脚油门，气垫车继续向前驶去。

"没有确认过身份的话，谁也不许在廊道中行驶。十八岁以下的必须有陪同。"斯拉普顿说。

"那么我要怎样走动呢？"

"我们觉得你最好不要走动。"斯拉普顿说着又转动了方向盘。

他们拐过一个墙角，蹭到了一个红色机器人，它看上去就像轮子上放着大罐的气泡水，一只大眼睛在顶部的边缘旋转着。

"如果你必须单独出去，"斯拉普顿指着他们差点轧到的机器人说道，"可以用他们。"

"走路不长眼睛啊！"那机器人在他们身后大喊。

"那是一个运送机器人。研究所里到处都是。你招呼一下，就会有运送机器人过来，就像出租车一样。或者你想出去时，从你的房间可以预定一个——你的门会帮你安排好的。"

气垫车经过时几个护卫机器人停下来看着威廉。那些机器人拿着类似激光枪的东西。

"那些是什么武器？"威廉问。

"钝化枪，射出的光线能让你身体里的原子变得很不稳定。可恶的东西。对机器也有效。我们称之为果冻技术，还没想到更高级的命名。"

"如果中枪了会怎么样？"

"你的身体会变得像果冻一样晃来晃去的。离它们远点。"

"伊斯亚还在这儿吗?"威廉问。他一直很期待再次见到朋友,但是现在他怕伊斯亚已经走了。

"她是少数几个还留在这儿的,"斯拉普顿说,"她现在是一名外勤特工了。"

威廉提着的心放了下来,他迫不及待地想马上见到伊斯亚。

"什么是外勤特工?"威廉问。

"她已经不是候选人了,现在有真正的工作职责。"斯拉普顿又一次转动方向盘,拐到了另一条廊道上。"我们到了。"他们停在了一扇铁门边上。

威廉看到门上的牌子上写着:超声实验室。斯拉普顿跳下气垫车,仔细检查各处,像一只受惊的田鼠。他在门旁边的控制板上输入密码,门发出一声哗哗声。

"我们进去吧,"他朝威廉挥了挥手,打开了门,"这儿可是个神奇的地方。"

第六章

进到实验室内，斯拉普顿马上锁好全部八个锁，又用铁条把门都拴上，这才稍稍松了口气。然后他转过身来，第一次好好打量威廉。

"你变了，"他说，"长高了……上次你来这儿是什么时候？几个月前？"

"四个月零十三天，"威廉说，他每天都在数着日子，"但我希望我能再早些回来。"

"我理解，但是若非十万火急，我们不能把你带回来。"

"现在是十万火急吗？"

"是的，你可以这样理解，"斯拉普顿说，"我们一直特别关注你的动态。"

"为什么？"想着有人一直在监视着自己，威廉不太舒服。

"你外公知道把骇金注射到你体内会有很大风险。我们需要留意你体内骇金的踪迹。"他注视了威廉一会儿，随后拍了拍手，"我有东西要给你看，跟我来！"

威廉跟着斯拉普顿来到实验室的更深处。在各式各样的器械中间，他看到桌上有个金属框架的玻璃缸。缸内有一只不大不小的蟑螂。它晃动触角，朝玻璃爬过来，仿佛意识到有人来了。它好像在看着他们。

"那次事件后，我们在伦敦淹没的矿道里发现了它，"斯拉普顿说，"泰晤士的河水涌进来之后，我们只能用潜水艇搜查那片区域。在下面我们发现了一大片通道网。"

威廉想起在伦敦矿道里发生的事，不寒而栗。四个月过去了，但是一幕幕在他面前仍然栩栩如生：黑暗的看不到尽头的隧道，只有密码正确才能开启的巨门，还有那洞穴般的大厅，里面满是潜水艇与军用车。然后是冰冻亚伯拉罕·塔利的箱子——就是用这样的箱子，亚伯拉罕·塔利现在被冰冻封存在研究所的地下室里。

"我们在一个气袋里发现了这只蟑螂，"斯拉普顿说，"于是我们把它带回来研究，就跟那下面找着的所有东西一样，然后……"他没说下去，站在那里观察着蟑螂。

"然后什么？"

"因为你体内的东西，可以说，你和这只蟑螂同病相怜吧。"

威廉目不转睛地盯着斯拉普顿。"你是说骇金吗？"

"它的体内含量不多，而你的体内要多得多，所以如果你触碰它的话，你体内的骇金会把蟑螂体内的骇金吸出来……到你体内去。"

"就像亚伯拉罕在伦敦时想对我做的那样吗?"

"是的,"斯拉普顿说,"而且有意思的是,这只蟑螂体内的骇金正好能够让你对半分,一半人类,一半金属。"

"那样的话,我会怎么样?"威廉观察着面前的小昆虫说道。

"你的能力会提升,"斯拉普顿说,"但是风险很大……你有可能失控……变得更像机器而不是人类。"

"亚伯拉罕·塔利就是这样吗?他失控了?"威廉问。

"是的。他已经完全失去了人性。"

威廉看着蟑螂。它真能让自己变成机器吗?到现在为止,威廉都把自己身体里的骇金看作是馈赠,毕竟,孩童时期他脊椎受伤时,是骇金救了他的命。但是一想到,救他的骇金也能让他失去作为人类的特质,他就惊恐万分。仿佛他的体内住着一个敌人,一个他永远也无法摆脱的敌人。

"它的骇金是从哪里来的呢?"威廉看着玻璃后面的蟑螂问道。

斯拉普顿耸耸肩。"我们也不知道。骇金非常罕见。"

"你们为什么要这样锁着它?"

"我们正在它身上做一些实验……"斯拉普顿顿了下继

续说道，"实验一直很正常——直到昨天为止。"

威廉思前想后，恍然大悟。

"你是指我上电视节目的时候？"

"正是，"斯拉普顿说道，"我们看见了发生在你身上的事。你失控的同时，蟑螂也失控了。"斯拉普顿的语速快了起来，"蟑螂就像你一样颤抖，它的体温出现了骤降。"

他看着威廉，等待他的反应。

"所以……"斯拉普顿刚想说，但是又没说下去，好像不知道自己想要说什么。

"如果我们都失控了，"威廉慢慢说道，"肯定和骇金有关系了？"

"是的，"斯拉普顿说，"而且我想我知道是什么导致的，只是我还不知道它是从哪儿来的。"

"什么东西从哪儿来？"威廉轻声问道。

"声波，"斯拉普顿说，他的声音因为兴奋而颤抖，"看这个。"

他按下了玻璃箱旁边控制面板上的几个按钮。蟑螂开始震动，接着朝他们飞来，撞在了玻璃上。

威廉退后一步。他站在那里看着蟑螂把头撞向玻璃板。接着它一个后空翻，撞上了墙，然后转起圈来。它似乎是想冲破这个箱子。斯拉普顿又按了一下按钮，震动停止了。

蟑螂躺倒在地一动不动，几秒钟后，它抖了抖身子，重新爬起来。

"你做了什么？"威廉目不转睛地盯着蟑螂问。

"我复现了可能造成你失控的高频声波。"

"但是为什么现在我什么事儿也没有呢？"

"蟑螂是在隔音玻璃后面，"斯拉普顿答道，轻轻敲了一下玻璃，面对着威廉说，"现在，该你了。"

第七章

"我得先做一些实验，才能知道能不能帮到你。"斯拉普顿说。他带着威廉走向房间中间一把奇怪的椅子。它让威廉想起了牙医的椅子，周围一圈都是各种奇怪的仪器。他一直都不太喜欢牙医，看到蟑螂的举动，现在也不喜欢声波了。他抬头看到椅子上方的天花板上有个好似激光炮的东西。

"那是什么？"他问道。

"放轻松，"斯拉普顿笑着说道，"它没看上去那么可怕。我称之为粒子频率控制器。它将朝你发射高频声波。"他简单解释后开始操作控制器。

"就像那只蟑螂？"

斯拉普顿点点头。"顺便说一句，"他换了个话题说，"我希望你别在意电视节目上发生的事，那个什么维克托就是个爱出风头的……他没法和你比。"

威廉笑了，感到稍稍放松了些。

"电视节目结束后当我回到实验室，"斯拉普顿指着角落的大盒子说道，"我注意到那边的测听计短路了。"

"测听计是什么？"

"就像地震仪可以记录地震一样，测听计可以测量人耳无法听到的声音。"斯拉普顿盯着它看了几秒，犹豫要不要继续说下去，"测听计是一刻不停地工作，持续监测无线电波的。电视直播过程中，它记录到一些音频高到测听计无法继续工作，但是我立刻计算了这些频率，将程序编到控制器中。"

"所以你打算用控制器让我再次失控吗？"威廉问。他其实已经知道了答案，他只是不喜欢这样。

"威廉，这个……要是你失去对自己身体和意识的控制，你威胁的不仅仅是你自身，还有你身边的人。你也看到蟑螂的样子了。"

威廉喘不过气来。他会变成危险分子吗？他不能自控的时候，会伤害别人吗？他转身坐进奇怪的椅子里，看着正对着自己的控制器。斯拉普顿按下了控制面板上的几个按钮，控制器发出嗡嗡的声音。

"你能把胳膊放在这儿吗？"他指着两边的扶手问道，"为你的安全考虑，我得把你固定住。我已经在蟑螂身上试验了很多次，完全没有问题的。我会慢慢开始，然后一点点加强声波。"

斯拉普顿按下了椅子一侧的按钮，椅背开始振动。"你准备好了吗?"

威廉点点头。"好了。"

斯拉普顿拿出一副护耳器戴在威廉的头上。然后他坐到一面屏幕的后面,戴上一顶巨大的头盔,穿上一件厚重的夹克,手臂上一个徽章上写着:防护铅服。

"不危险?"威廉想,"没什么可担心的?"可是斯拉普顿一副要引爆核弹的模样。他拉下了一根控制杆,控制器开始嗡嗡作响。威廉抓住扶手,紧紧闭上眼睛。他一开始没有感到任何异样,但能听到控制器的震耳欲聋的响声正对着他,这才明白了为什么他得戴上护耳器。震动一波一波地穿过他的身体,让他感觉自己仿佛在慢慢碎裂。噪声进入他的脑袋,震动顺着他的脊椎向下延伸。他睁开眼睛,看向斯拉普顿。

"发生了什么?"他大喊。

但是斯拉普顿正忙着摆弄控制面板,没有听到他的叫喊。

威廉感到头上一阵刺痛。接着听到一声尖锐的声响。疼痛不断加剧,他的脑子仿佛都要炸开了。他张开嘴朝斯拉普顿大喊,但是发不出一点声音——他好像已经失去了对自己身体的控制。

一阵寒意蔓延开来,直到他的手上,就像上次发作一样，接着他的身体剧烈地抖动起来。突然间，他身边的一切都消失了，只能看到一束耀眼的光。他眨了眨眼——拼命想集中视线，然后他看到了有什么东西在很远的下方……是绵延高耸的山脉。因为感到恶心，威廉意识到自己正飘浮在高高的天空，在暴风雪中间。

他开始惊慌失措，突然，毫无预兆地，他向群山急速俯冲下去。马上就要撞上最高的山峰了，威廉闭上双眼，等待冲击。

再次睁开眼睛时，他已经站在一个巨大的洞穴里，四周是灰色的石墙。一个硕大的闪闪发光的圆环在洞穴中盘旋，就跟他第一次发作时看到的金色圆环一样。他注意到金色圆环下方的地上有东西。好像是一口带轮子的白色棺材。这个东西威廉之前从未见过，但是他总感觉自己应该知道这是什么。

还没等他靠得更近，一道炫目的白光在他眼前闪过。威廉环顾四周。他躺在椅子里。斯拉普顿扯掉自己身上的保护装置，向他跑来。

"别动，"他说着用一个小耳镜检查威廉的耳朵，"张嘴。"威廉张开嘴，斯拉普顿用手电筒照进他的嘴巴，"看上去都正常，"他嘟囔着在记事本上写下笔记，"你感觉如何？"

　　威廉感到震惊而又迷惑不解。他感觉自己脱离了自己的身体，但是不知道为什么可以做到。难道说群山和那奇怪的金环是他的大脑想象出来的吗？

　　"发生了什么？"威廉问。

　　"你来告诉我，"斯拉普顿一边说，一边解开了威廉手臂上的绑带，"你看到了什么？"

　　"一束强光，"威廉说，"然后我就到达了高空。"

　　"是吗？"斯拉普顿大声道，"然后呢？"

　　"我看到了山脉。"

　　"山脉？"斯拉普顿挺直身躯，盯着威廉仿佛不太相信似的，"什么样的山脉？"

　　"非常雄伟的山脉，可能是喜马拉雅山脉。"威廉回答。他看向斯拉普顿，斯拉普顿好像惊恐万分。

　　"喜马拉雅山脉……你确定吗？"他又问，声音都在颤抖。

　　"我不知道，"威廉说，"还比较确定……"

　　"你还看到了别的东西吗？"斯拉普顿身体又靠近了一些。

　　"我看到在深深的洞穴里有个宽敞的房间……"

　　"说下去！"

　　"一个飘浮的环状物……像一个硕大的金环。下面有一个白色的盒子。"

斯拉普顿站在那儿盯着威廉。

"这些都是什么意思?"威廉问。

"我不知道……但是不太好,"斯拉普顿说,"一点也不好。"

第八章

气垫车撞上了威廉房间旁边的墙，猛地停了下来。

"我们明天会再做一些不那么疼的实验。"斯拉普顿紧握方向盘，紧张地查看廊道。

"好的。"威廉说着爬出座位。尽管之前的实验是非常痛苦的折磨，但是他现在已经好多了，一心只想着回到自己过去的房间里。

"我得保证你安全地回到房间，"斯拉普顿一边等待威廉打开房门，一边用手指敲打着方向盘，"明天我来接你。"身后的大扇叶又嗡嗡地转起来了，他喊道："威廉……"

"怎么了？"威廉大喊着回应。

"在我们弄明白你失控的原因之前，你别破解密码了，好吗？我们不想毫无准备地引起失控。"

威廉点点头，走进房间。终于，他回来了，但是有些东西已经变了。床和桌子都固定在地上，墙上覆盖着厚厚的钢板。穿过小小的窗户外的一根根钢条，有阳光照进屋内。这里简直就是监狱。

"欢迎回来，威廉。"随着身后咔嗒一声，威廉迎来了门的问候。

"是门吗？"威廉转身看着门说道。他笑了，因为他想起来自己第一次遇到会说话的门的时候是多么惊恐。

"是我，我还是过去那个门！你想吃小蛋糕吗？"门问道。门上的一个小盖子打开，一条长长的手臂弹了出来，正好停在威廉的脸前面，一个刚刚出炉的纸杯蛋糕放在碟子上，冒着热气。

"酷吧？"门说道，"我有了一条手臂！可有用啦。我终于可以烘焙啦。"

但是纸杯蛋糕是威廉脑海里最不要紧的事儿了。"我的房间发生了什么？"他问。

"你要不要吃这个蛋糕？"机械手臂又往前伸了伸，像个望远镜似的，把小蛋糕推到威廉的脸上。

"不用了，谢谢！"威廉把小蛋糕推开了。

"这里叫作隔离室。"门说道，听上去有点失落。

"隔离室？"

"是的，他们是这么叫的，如果房间以这样的方式加固的话。在这里即便是炸弹爆炸，外面也什么声儿都听不到。"

"看上去就像是一间牢房。"威廉说着走向窗户。他简直不敢相信自己透过钢条看到的情景。一面高高的白墙，大约跟树一般高，沿着大片土地绕成一圈。许多护卫机器人手持钝化枪沿着墙根巡逻，墙顶上星罗棋布的是巨大的瞭望塔和硕大的聚光灯。

"如果你在想现在的情况比你上次在这儿的时候要糟糕，那你就错了，"门说道，"其实，要糟很多……所以我就开始烘焙了，这样可以开心一点。天冷了。"那只胳膊又把小蛋糕拿出来了。

"所有这一切都是因为那个被冻在地下室的老头子吗？"威廉说道，尽量不去看在他面前摇晃的小蛋糕。

"他可不是个普通老头子，他体内有着毁灭性的力量。"门说道。

威廉看着自己的双手，陷入了沉默。骇金——就是这种让亚伯拉罕·塔利变得无比危险的东西，也同样存在于他的体内。此刻他觉得自己就是个怪胎。

"对不起，"门说，"我不是有意要——"

"没关系，"威廉说，"我要吃那个小蛋糕。"他希望糖分能让自己振作一点。他咬了一口，很好吃。

"当然了，安保等级也是刚刚才升至五级的。"门实事求是地说道。

"真的吗？我以为是亚伯拉罕来到研究所之后就变了。

发生了什么事？"威廉嘴里塞满蛋糕问道。

"我不能告诉你。"门说。

"但是你刚才已经说了呀，"威廉说着咽下了蛋糕，"如果你多告诉我一点，我会感觉好很多。"

门沉默了几秒，继续说道："亚伯拉罕到这儿之后，安保升至三级。然后昨天古异馆不知发生了什么事情，他们就把安保直接升到了五级。"

"古异馆？那是什么地方？"威廉问道。

"那不重要。"

"发生了什么事呢？"

"没什么，你想再来一个小蛋糕吗？"门说着打开小盖子，机械手臂弹出来，托着纸杯蛋糕稳稳地停在威廉的脸前面，"这个是香草口味的。"

威廉推开机械手臂。"我想知道古异馆发生了什么。如果有奇怪的事情发生，那我就得弄清楚情况。也许和我的事情有关联。"

"我只能说古异馆出了事儿……之后，他们就把什么东西从馆里移到了地下室的一个声波实验室。对不起，但是我真的不能说更多了。他们如果发现我说了不该说的话，会让我一辈子都当一台冰箱的。"

威廉知道自己已经不能从门身上打探到更多信息了，

但是研究所中有奇怪的事情正在发生，他必须搞明白到底是什么事情。就先从地下室查起吧。

"我需要呼吸新鲜空气，"威廉说，"你能帮我订个运送机器人吗?"

"现在吗?"门的语气中带着犹疑。

"是的，现在!"

门沉默了片刻，说："现在有点晚了，但是也许我能帮你搞到一个……如果你再吃一块蛋糕的话。"

第九章

几分钟后，威廉已经快步走在廊道上。他拿着第二个小蛋糕，咬了一口，香草的味道立刻充满了口腔，门果然很懂烘焙。一个运送机器人在他前面引路。他告诉这个机器人他有东西落在了斯拉普顿的实验室外面，现在要下楼找回来。威廉不喜欢撒谎，即便是对着机器人，但是现在他得弄清楚研究所里发生了什么。

"我们得抓紧时间了，"运送机器人说着拐了个弯，加快了脚步，"我要在四分三十八秒之后接一个人。这是我本周的第三个夜班了，我的油量和电解质都不足了，但是没时间补充。"

威廉小跑着跟上疲惫的机器人，说道："我肯定我自己能想办法过去。"

"十八岁以下都不允许在研究所单独行动。"运送机器人走得更快了。

"但是那不是预防措施吗？这儿肯定没什么实质性危险吧？"

威廉知道肯定有必要的理由提升安保等级，他只是想套运送机器人的话。有时候机器人会脱口而出他们不该说的话。

"危险?"运送机器人说,"如今可比过去危险多了。有些运送机器人都不愿意单独工作。你也许已经看到了,他们一个跟着一个,成群地闲逛。"

"为什么这么危险呢?"威廉现在要跑步才能跟上机器人。

"不知道,给我们的命令是提防异常的东西。"运送机器人说。

"什么样的东西?"威廉问。这个机器人显然知道很多事情,只是没有说。

"任何不该出现在这里的东西。"运送机器人说着又一次加速了。

"任何?是什么意思?"威廉问。

"我们时间不多了。得抄个近道。"机器人突然拐进一条狭窄的廊道,在另一头下楼。威廉跑在它后面。

"但是——"

"这条路线要快三十八秒。"运送机器人说。威廉停下来,看着机器人像一个失控的垃圾箱般叮叮当当地滚下楼。终于,它落在了楼下的地上。

"快点!"它说着飕飕地驶过廊道。

威廉犹豫了。他知道继续走下去会很危险，但是他对密室的好奇远胜于恐惧。他匆忙下楼，看到运送机器人在廊道另一端的电梯门前等着他。

"快来，"它挥手说道，"我们得走了！"机器人举起手伸到门边墙上的传感器上。

"已授权。"门说着打开了。威廉跟着机器人走进电梯，门随即合上。

"2A 层。"运送机器人说。

"2A 层准备完毕。"电梯说着，晃动了一下，开始下降。

威廉看着运送机器人的手。他想到自己第一次来研究所时，研究所给所有候选人的球。那些球是可以解开的谜题，每解开新的一层，他们就可以开启去往研究所不同地方的权限。

"你有权限进入研究所的所有地方吗？"威廉问。

"差不多吧……怎么了？"机器人狐疑地看了他一眼。

"就随便聊聊。"

"有些地方我是去不了的，因为安保等级提升了。"机器人说。

"哦，对了，我的房间门刚才告诉我……"威廉正想问。

"所以像 1A 这样的禁区——"机器人脱口而出,但又立刻噤声。

"1A?"威廉看着运送机器人,"1A 是什么?"

"没什么……是绝对禁区!"

"2A 层到了。"电梯说。伴随着一声轻微的"叮",门打开了。

"跟上!"运送机器人冲出电梯。

但是威廉没有移动脚步。他知道这也许是寻找密室最有利的时机了。他看着机器人已经在廊道上前行,但它太着急了,都没有注意到威廉还在电梯里。

门在他面前关上。

"1A 层。"威廉说。

"1A 层准备完毕。"电梯说道。

当门再一次打开,威廉迅速跳出电梯,朝面前的廊道里观望。这条廊道和刚才走的那条看上去没什么两样,只是更暗,二十米开外的尽头有个 L 型的转弯。墙上的一块标识写着:"绝对禁区。请勿靠近!"

威廉不想在下面无故逗留过久——尤其是刚才运送机器人说了所有人都在留意不属于这里的东西。威廉发现自己在想,应该先找到伊斯亚再开始搜索的,但是现在想已经太晚了。靠近廊道尽头的时候,他放慢了脚步,接着他停下来侧耳倾听。什么声音也没有。

他悄悄走上前，检查角落的四周。墙上另一块牌子上写着："禁区。禁止进入！"两个角落，一边一个摄像机对准一道道厚重的铁门。摄像机转向了威廉——护卫机器人很快就会来了。但是威廉现在已经无法回头，他决定继续，看看在机器人到来之前，他能寻到些什么。

威廉将注意力转移到墙上的一个高级控制面板上。他知道他得黑进系统让控制板失效，才能打开门。他很确信自己能够做到，只是他希望这样做不会像斯拉普顿说的那样，让自己再次失控。

他深吸了一口气，靠近控制板，集中注意力盯着面板。威廉立刻感受到了肚子里的颤动。他努力不去想护卫机器人马上就要用钝化枪逮捕自己，而是注视着控制面板上的数字和字母。颤动上升至脊椎，然后到了胳膊和手指。随即，就像过去一样，身边的一切好像都消失了，他能看到的唯有眼前的控制面板。

数字一个接一个地亮起来，像迪斯科舞厅的灯光那样闪烁。开始，闪烁像是随机的，但接着出现了规律。威廉知道体内的骇金正在帮助他的大脑找到答案，他的手指立刻开始工作，当按钮亮起来的时候按顺序把它们按下去。这些灯光闪得太快，威廉都快跟不上了。这个密码真的很难。

　　他停下了手指的动作，直起身，一边看着面板，一边揉着自己酸痛的手。解开了吗？控制面板闪烁了几次，一声快速的"哔"后，厚重的铁门打开了。

　　威廉朝身后看了一眼，廊道上没有其他人过来。他溜进去，门在他身后关上了。

第十章

威廉发现自己身处一个好像超大空间站的房间。墙壁和天花板上都覆盖着金色的金属板，墙边一排排整齐的高科技设备不断地发出哔哔声和嗡鸣声，好似和谐的乐曲。房间的中间是两面投影屏，下有轮子，天花板上悬挂着一个白色的控制器，就和斯拉普顿对威廉做实验的时候所用的那个一样。

威廉呆站了几秒，纠结要不要继续——但是他已经走到这一步了，终于决心还是继续下去。走近投影屏，他听到电脑的哔哔声中有其他的声响。呼……呼……呼，一声接着一声，仿佛一台小小的蒸汽机。慢慢地，他抓起一面投影屏，扯向一边。眼前这一幕叫他震惊至极。

他面前的地上是一位老人，头发灰白，留有胡须。他穿着西装外套，但是腰以下的部位都困在一块巨大的钢块中——几乎像是钢铁在他的下半身熔化了。这个人困在钢铁中，就像一只虫子困在琥珀里。威廉知道这是不可能的——没有人能在熔化钢铁的高温中活下来。

老人双眼紧闭，鼻子和嘴上罩着氧气面罩。一根管子连接着面罩和呼吸机，将空气压进他的肺里。威廉又向前一步，盯着老人，又是好奇，又是害怕。难道这就是门所说的神秘事物吗？

"你好？"威廉说。

老人没有回应。威廉靠得更近些，看到名牌上写着：古异馆-庞多斯·迪佩尔。门说过有什么东西从古异馆搬到了地下的声波实验室。威廉观察着老人布满皱纹的脸庞，俯身摸了摸他的手。手是暖的。威廉抬头看着天花板上正对着他们的硕大的白色控制器。他们打算对这可怜的老人做些什么？

老人的身体忽然抽搐了一下，好像被电击了一般。他的眼睛猛地睁开，用尽力气大声喊道："她来了……她来了！"

威廉退后一步。他惊恐地看着老人，老人挣扎着，扭动着，想挣脱禁锢。

"她来了……"老人再次大喊。

"求你，别喊了！"威廉绝望地喊道。

随即老人闭上了双眼，头垂了下去。

威廉听到自己身后一阵电流的嗡鸣。三个护卫机器人冲向他，其中一个举起了钝化枪。威廉还没来得及反应，一道光线就已经射出，击中了他。他的整个身体立刻绵软无力，像一块湿毛巾一样瘫倒在地。

第十一章

两个护卫机器人停在一扇白门前面。他俩抬着担架。担架上躺着威廉，他的身体现在极不稳定，好像骨头都变成了果冻似的。除了眼睛，威廉浑身上下没有一处能动，但是他的手和脚已经能感到刺痛，希望这意味着该死的果冻技术已经开始失效了。

一声轻响，门打开了，两个护卫机器人走进房间。它们在一把大皮椅子前停下来，把威廉扶了上去。他现在刚刚能够让自己坐直。四周全是高耸的书架，威廉认出了他面前的红木书桌。他以前来过这儿。

威廉看到窗边一个高挑的身影拄着拐杖背对着他。过了许久，那个人终于转过身来。

"你一刻都不能闲着，是吧，威廉？"

威廉立刻听出了这是谁的声音。

"感觉怎么样？"那人问道。

"有点晃。"威廉看着弗里茨·高夫曼向他走来。高夫曼是研究所的老大，就是他和其他几个人在四个月前把威廉从亚伯拉罕·塔利手中救了出来。要不是高夫曼阻拦，亚伯拉罕已经把骇金从威廉体内都吸走了。

"钝化之后感到有点晃很正常。"高夫曼说着走开了。

威廉看着高夫曼高挑的身形。他骨瘦如柴，长长的手臂垂在身体的两侧，太阳照得他的黑色西装闪闪发光。高夫曼拉起袖口，露出结实的手腕，看了一眼戴在手腕上的大块手表。这个动作像是他的习惯。即便他背对着威廉，威廉也能明显感觉到他不太高兴。

"研究所非常感激你，威廉。"高夫曼清了清喉咙说道，"但是这不代表你可以随意在大楼里走动，想去哪儿就去哪儿，尤其是在现在的局势下，更是如此。那个被你甩掉的运送机器人因为把你弄丢了而心烦意乱，紧张得崩溃了，已被送去紧急维修。它现在精神错乱了，还在说什么回炉重造呢。"

威廉很难受。他没想给运送机器人惹麻烦。

"你渴吗？"高夫曼点头示意威廉身后的什么人。

威廉缓缓转过身，看到两个红头发的司机机器人。这些长得像人的机器人是高夫曼的私人助理。其中一个走到一张小桌子前面，桌子上是各式各样的饮品，它拿了一杯给威廉，里面是橙色的液体。

"喝吧，能马上让你好起来。"高夫曼说。

威廉看了看橙色的饮料。

"放心，是火星饮料，是新品种。能让你恢复体力。"高夫曼说。

威廉喝了一大口火星饮料，瞬间果汁变成了蓝色。它在威廉嘴里不断变化口味，先是橙子的味道，接着是草莓，然后又是香草，好似甘露琼浆。威廉感到一股暖流传遍全身。他坐起身，动了动手，伸了伸脚，又可以控制自己的身体了。他在心里默默告诉自己今后一定离钝化枪远一些。

"那下面有个人，"威廉说着把杯子递给机器人，"他困在一种金属块中了。"

高夫曼神色严肃。他又清了清嗓子，握紧手中的拐杖，有点慌乱。

"一个人……困在金属里？是在护卫机器人发现你的房间里吗？"高夫曼问道。

"是的！他大约是我外公的年纪。像是金属不知怎么在他周围熔化了。"

威廉咽了一口口水。他知道这听上去很荒谬，但是高夫曼肯定已经知道这个人是谁了。

"威廉……"高夫曼倚着大书桌说道，"我今天和本杰明·斯拉普顿聊了聊关于你的实验的进展……"

威廉在椅子上直起身来。"那个人和这件事有什么关系？"

"他说你……在实验的过程中看到了一些东西，"高夫曼说，"你产生幻觉了。"

"是的……"威廉说，"但是那和我在房间里看到的东西无关。那里真的有一个人，他真的困在了……"

高夫曼看了威廉一眼，仿佛感到很抱歉似的。威廉又躺回了椅子里。

"你想知道我在想什么吗？"高夫曼问，"我觉得你在地下室所看到的只是你今天实验的副作用。"

"但是，真有一个人……"

"听我说，威廉……地下室里什么也没有。护卫机器人在一间空的声波实验室里发现了你，"高夫曼说，"他们觉得你是侵入者，只得钝化你。"

威廉不敢相信自己的耳朵。"所以，你是，你是说那是我的幻觉吗？"

高夫曼坐在那里盯着威廉看，好像石化了一般。"回来看到一切变成这个样子一定很失望吧？"他终于说道。

威廉看着地面。他真的很失望，他无法理解为什么高夫曼不相信他。

"没有人喜欢现在的局面，"高夫曼继续说道，"自从亚伯拉罕封存在这里之后，研究所已经和从前不一样了——一想到他躺在这里的地下室里，所有人就都会寝食难安。

就好像他在散发某种负能量，即便他已被冷冻封存，负能量依旧源源不断。”

威廉又抬头看向高夫曼。他感到一阵挫败感涌上心头。“我怎么了？”他问道，声音都在颤抖，“我想知道我到底怎么了。”

高夫曼对两个司机点了点头，它们转身离开房间。接着他走到大书桌的后面，在椅子上坐下来。他把手杖靠在桌上，摘下眼镜，用夹克的领口擦了擦，又戴上了。

“我也想知道，威廉。”高夫曼紧握着双手，朝他靠过来，“所以我让本杰明在你身上做实验，就是要弄明白到底是什么造成了你的失控。当然，在那之前，你也不要太担心。”

“那我的外公呢？还没搞清楚我的情况，他为什么要走？”威廉问道。

“要是可以不走，托比亚斯就一定不会走的，”高夫曼说着，手握得更紧了，指节都发白了，“但是外面有非常重要的事情要他处理。”

“就像那个女人在学校外面攻击我那样的事情吗？”威廉皱着眉头问道。

“是的，托比亚斯跟我说过这件事。我不想让你担心，”高夫曼说着踱步到窗边，“这里很安全。”

　　"但是她是谁？她想要什么？"威廉问。好像没有人愿意给他一个直截了当的答案。

　　"我们在调查。"高夫曼简单回答后转身面向威廉。

　　他们安静地坐了一会儿，谁也没出声。威廉仔细查看高夫曼的脸，寻找着撒谎的痕迹，但是就和研究所的所有人一样，他学过如何保守秘密，而且，他很擅长。

　　"还有一件事，"高夫曼说，"在本杰明弄清楚你失控的原因之前，你别再破解密码了，这非常重要。"

　　威廉点点头。他来到研究所后，这已经是第二次有人告诫他别再解密了，他不喜欢这样。当他们坐着四目相对时，威廉知道他必须找到更多关于地下室老人的信息，弄明白那个袭击他的奇怪女人到底是谁。他有种感觉，这些事情可以解答他失控的原因。

第十二章

见完高夫曼之后，两个运送机器人来接威廉。它们收到指令将威廉送回他的房间。威廉知道在地下室之行后，高夫曼不会再掉以轻心。跟着机器人慢慢走在廊道上，他开始害怕被禁锢在自己的房间里，那里真的开始感觉像个监狱了。被钝化之后，他的腿还是有点软，他跟着运送机器人的脚步十分吃力。

"我们能休息一小会儿吗?"他问道。

"不行，"一个运送机器人说，"我们得直接回你的房间。"

"我想找一个人。"威廉得联系伊斯亚。他知道伊斯亚会帮他打探更多关于密室里老人的消息。

"谁?"另一个运送机器人问。

"伊斯亚，"威廉说，"她现在是一名外勤特工，我知道她的房间在哪儿。"

"不行，"运送机器人说，"我们得听从指令。"

有一个瞬间，威廉想着溜走，但是仔细一想，还是算了，他可不想再被钝化一次。

"我们到了。"他们走到威廉的房间门口，一个运送机器人说道。

威廉打开门，走进房间。关门的时候，他转身看到两个运送机器人还站在门口。

"欢迎回来。"门说道。

"谢谢。"威廉对门说道，"我想找个人，你能帮我吗？"

"今天的麻烦还不够多吗？"门问道。

"在研究所我都不能和我的朋友说话吗？这里难道是监狱吗？"威廉说。

"有糕点马上要出炉了，你饿吗？"门问道。

"不饿，谢谢。"威廉说着往前一步，"你到底帮不帮我？"

"你想找谁？"

"伊斯亚。"

"伊斯亚是哪位？"

"你知道是哪位。"威廉恼了。

"好的，我看看能不能帮上忙。"门说。

威廉走到床边，躺下。他像从前那样直勾勾地看着天花板，看着光线穿过外面的树照进屋内，在天花板上投下剪影。不断变换的影子令他放松，他的眼皮很快变得沉重起来。

威廉惊醒，在床上直起身，打量着房间的四周。睡了多久了？身体依旧酸痛，但他还是把腿伸到床边，站起身。这时门上的异响吸引了他的目光——门把手在动……有人想闯进来。

威廉僵住了。

"门……"他轻声唤道，"你在吗？"

"嘘！"门说，"有人在外面，不过是你没有预约的访客。退后。"

威廉从门边后退。这里应该是防盗的，所以他安慰自己不会有什么危险。但是门把手又动了。

"你不想想办法吗？"威廉问。

门没有回答。威廉的目光在房间里搜寻，想找到可以用来防身的东西。他的视线落在书桌前的椅子上，但是突然想到椅子是固定在地上的，心顿时沉了下去。

"他们正在使用密码输入板开门。"门说。

"你没法阻止他们吗？"

"他们已经通过了身份认证，输入了密码。我没什么办法。"

"快叫个护卫机器人啊！"

"我叫了。它要几分钟才能到这儿，"门说，"在那之前我们得靠自己。你有什么办法吗？"

"你，你，你没开玩笑？"威廉结结巴巴地说。

他听到门上哔哔哔三声，顿时肾上腺素飙升。门咔嗒一声打开了。威廉别无他法，只有呆站着等待。但是什么都没有发生。突然，一个人影跳到门口。威廉后仰，摔进身后的椅子，接着倒在了地上。

"哈哈哈哈哈哈……"有人在笑他。

威廉听出了这笑声，抬头一看，确实是伊斯亚，她正站在门口笑得直不起身来。她看上去不太一样了，比上次见的时候成熟多了。

"这不好笑，伊斯亚。"他站起身来，恼怒地说道。

上次回到挪威之后，他经常想如果再见到伊斯亚，要对她说什么。刚才说的话和自己曾经的想象可是相去甚远了。他的脸滚烫，他意识到自己在脸红。

"你该瞧瞧你自己。刚才你的眼睛有这——么大。"她一边用手指比画着，一边咯咯笑。

他们站着彼此打量着对方。终于，威廉忍不住了。他的脸上绽放出大大的笑容，再次见到伊斯亚真的很开心。

"你什么时候回来的？"伊斯亚问道。

"今天早些时候。"威廉说。

"你怎么没告诉我？"

"我想告诉你的，他们说你在忙。"威廉说。

"忙？我可没那么忙。"

"你怎么知道我在这儿的？"

"你的门通过内网联系我了。"伊斯亚说着关上了门。

"真好。"威廉看着门说道。他就知道门是值得信赖的。

"有朋自远方来，不亦乐乎。"门说着打开小盖子，伸出机械手臂，端出一个热气腾腾的小蛋糕，送到伊斯亚的面前。

"谢谢你。"伊斯亚惊喜地笑了，接过小蛋糕。机械手臂缩回，门上的小盖子随即合上。"你好像在抖，"她咬了一口蛋糕说道，"我是不是把你吓坏了？"

"我今天被钝化了。"威廉说着挠了挠手臂。

"钝化之后一般要痒好几个小时呢。"伊斯亚嘴里塞满了小蛋糕。

"不痒，但是有点刺痛……"威廉还在抓自己的胳膊，"你被钝化过吗？"

"有过……那是我们从候选人升级到外勤特工训练中的一部分。被钝化的感觉糟透了。"伊斯亚说。

威廉点头表示同意。"你是怎么进来的？"

"因为我的工作。我现在是外勤，所以有身份确认。"

　　"所以你现在做些什么呢?"威廉问。他真的万分好奇伊斯亚到底在做什么工作。

　　"这是机密,我丝毫也不能透露。"伊斯亚说。

　　"我不会告诉别人的。"威廉失望地说。难道她也要开始保守秘密了吗?

　　"现在不一样了,我必须遵守规定。"

　　威廉瞪着她。

　　"好啦,好啦,"伊斯亚笑着说,就好像她想让威廉逼她说出来一样,"我照看一些东西……"她欲言又止。

　　"听上去很无聊。"威廉坐在床边。

　　"不无聊,"伊斯亚走过来坐在威廉身边,面对着他,"一些有年头的东西了——有些甚至是不应该存在的东西。就这样,我告诉你了。现在你来告诉我,为什么他们要把你的房间改造成这样?你上电视的时候发生了什么……一切都还好吗?"

　　威廉迟疑了。"我时不时会发作。"他说着扭过头去。

　　"发作?"伊斯亚靠近威廉问道,"什么发作?"

　　"他们觉得是因为骇金。显然,它……现在……不受控制——所以他们改造了我的房间,"威廉说着回避伊斯亚的目光,"我的头会剧痛,就像要爆炸一样……还有……我会看到一些东西。"他看着伊斯亚,看她如何回应。

"你看到东西？什么样的东西？"伊斯亚问。

"我不知道，"威廉说，"奇怪的东西，离奇的东西，就像你在噩梦中可能看到的东西。你有过这样的梦境吗，就是你意识到自己是在做梦？"

"有过。"伊斯亚说。

"就像那样，"威廉说，"感觉无比真实，但是我不能确定它是不是真的。特别诡异。"

"你知道是什么原因导致的吗？"

"斯拉普顿在我身上做了些实验。他在研究一种机器，"威廉说，"他把这机器叫作粒子频率控制器。"

"什么？"

"就是要模拟引起我发作的情景。应该是和声波有关，"威廉说完停顿了片刻，"至少他是那么说的。"

"你不信任他吗？"伊斯亚凝视着威廉问道。

"更像是他们不信任我，"威廉说，"高夫曼说我因为骇金产生幻觉了，但是我知道自己看到了什么。"

"你在说什么？"伊斯亚坐立不安。

"我在地下室里……看到了一些东西……你肯定也会觉得我疯了。"

"当然，只是我知道你一直很疯狂。"伊斯亚笑着在威廉的肩上锤了一拳。

"我看到一个人，"威廉站起来说道，"他困在一块金属的中间。"伊斯亚看着他，"就好像地板熔化了，他陷进流沙一样的金属里，然后金属又凝固了。"

伊斯亚继续坐着，目光凝视着稀薄的空气，她棕色的眸子变得更深沉了。

"你是相信我的吧？"

"我相信你，"伊斯亚说，"只是……只是我真的不是故意要说的。"

"关于什么？"威廉问。

"有一场……事故。"

"发生了什么？"威廉想起来那个机器人所说的关于提升安保等级的事情。

"不太清楚，"伊斯亚站了起来，"但是，有个不该在研究所的人出现在了这里……一个入侵者。"

"有人藏在研究所里？是谁？"威廉问。

"他们不知道。他们从监控录像中看到了一个模糊的身影。它来去都是穿墙而过……"伊斯亚轻声道，"我只知道这么多了，但是这事儿把所有人都吓坏了。"

威廉站在那里陷入了沉思。一个入侵者，在研究所？他的心跳越来越快。他曾经遇到过这样的人，似乎可以随心所欲地消失于无形。他学校外的那个女人。有没有可能她就是闯入研究所的那个神秘身影呢？

"来吧。我得让你看看我看到的东西——你是唯一相信我的人，"威廉说着转向门，"门，我们要出去。"

"不是吧……又出去……"门说。

"是的。"威廉斩钉截铁道。

"这么晚了不会有运送机器人的。"

"没关系，"威廉看着伊斯亚说道，"我们不需要运送机器人。她可是外勤特工。"

第十三章

威廉和伊斯亚站在电梯里。电梯嗡嗡地向下运行，天花板上一个小小的扬声器播放着轻柔的音乐。

"1A 层。"电梯说。

"我敢肯定我们会因此惹上大麻烦的。"电梯门打开的时候，伊斯亚说道。

"我也敢肯定，这会是你想看的东西，"威廉说着走出电梯，"而且……什么时候这么一点小麻烦就让你烦心了？"

"当他们让我承担更多责任的时候。"伊斯亚跟着他走出电梯。

威廉加快了脚步。他想在没被人发现之前赶到老人所在的实验室。他必须再次亲眼看到，并让伊斯亚看到，以得到她的帮助。

"有人在研究所里鬼鬼祟祟，却没有人知道他是谁，这真让人毛骨悚然。"伊斯亚说。走在漆黑的走廊上，她不寒而栗。

"听着，伊斯亚，这听上去会很奇怪，但是我想我也许知道这女人是谁。"威廉说。他本想先打探那个曾在学校外攻击他的女人的更多情况，然后再告诉伊斯亚，但是他不想有所隐瞒，尤其是那个女人可能就是研究所事件的始作俑者。

"女人？"伊斯亚停下了脚步。

"大家都害怕的那个人，"威廉说，"至少，我觉得肯定是她。"

"你在哪儿见到的她？"伊斯亚抓着他的胳膊问，"在研究所吗？"

"不是……她在挪威我学校的外面袭击了我，"威廉说，"她想让我跟她走。"

"等等，有人在挪威想绑架你？你之前怎么没和我说？"

"外公说这没什么大不了的……说我在研究所里会很安全。但是我看到的那个女人……我觉得她能随心所欲地消失。如果这是真的，也许她也可以穿墙而过。"

"那你在研究所里也见过她吗？"伊斯亚问。

"那倒没有……"

"那我们就不能肯定是她……她长什么样？"

"等我们没那么急的时候，我再和你细说。我得先回到那个实验室去——我要确认我看到的是真的。"威廉继续朝前走，在廊道的尽头转了个弯，"好了，我们到啦。你能用你的身份确认开门吗？"

伊斯亚在他身边停下脚步。"我知道这么做我会后悔的。"她轻声道。

威廉看着她，能看到她眼中闪烁的光，这说明她还是喜欢这样的探险的。伊斯亚走向控制板，把额头抵在扫描仪上。一道光线在她的额头前后扫过。

"拒绝访问。"电脑的声音毫无起伏。

伊斯亚退后看着门禁，十分不解。

"太奇怪了，"她说，"我有通用访问权限的。"

她又靠近试了一次，但是电脑发出了同样的拒绝指令。

"为什么会这样？"伊斯亚很困惑。

"他们肯定修改了密码。"威廉说。他知道只有他能破解密码，但这就意味着要违背高夫曼的命令。但是威廉必须知道他还能够相信自己的感官——他必须确认他看到的是不是真的。他下定了决心："让我试试。"

伊斯亚走到一边。威廉走上前将全部的注意力集中在控制板上，他能够感到脊椎的最底部开始颤动。他闭上双眼，让颤动沿着脊椎向上，传递到胳膊，接着是双手。他从来都没有完全习惯这种感觉——就像是有什么东西接管了他的身体。而且自从他开始失控之后，骇金在他体内移动的感觉让他更加不适了。

威廉睁开双眼，看着控制板，数字已经亮起来了，开始慢慢地交换位置。9 在控制板上向上移动和 3 交换了位置，就像那种机械拼图游戏，小小的方块不断移动，最后呈现出一幅图像。接着数字开始混合在一起，在他面前相乘，形成一串串长长的数字，他的手指在板上飞速移动，和一闪而过的字符共舞。

威廉接连不断地按着控制板上的按钮，速度越来越快。很快，他意识到，在他离开之后摆弄过控制板的人没有修改密码，而是完全删除了密码，但是很有可能存在着一个万能密码可以打开研究所中所有的门。

威廉按下了最后一个按钮，光从数字上消失了。体内停止了颤动，他又一次回到现实。他看了看伊斯亚，又看向控制板，密码解开了吗？

"通过确认。"控制板上一个小小的扬声器发出没有情感的声音。威廉瞄了伊斯亚一眼，笑了。她似乎不太高兴。

"你真是个天才。"她说。

"不是你的问题，"威廉推开门，"显然他们不想让任何人进去。"

"所以也许我们不该进去。"伊斯亚说着瞥向实验室。

"进来吧，"威廉知道她对里面的东西还是很好奇的，"但是小心护卫机器人。"

他们走进房间，门在身后关上，咔嗒一声响。

"哇……这里就像是一个太空站，"巨大的房间让伊斯亚目瞪口呆，赞叹不已，"那边是什么东西？"她指着房间中间的控制器和两边悬挂着的投影屏问道。

"那里面就是他了。"威廉说。

"我不知道这样好不好。"伊斯亚好像想要改变主意了。

"我想听到你说你也能看到他。我需要有人支持我。"他拉着她走上前，在好似飘浮着的墙壁一般的巨幕前停下脚步，轻声问："你准备好了吗？"

她点点头。

"我得提醒你，这景象会令人不适。"威廉停顿了几秒，接着将投影屏拉向了一边。

伊斯亚忍不住哈哈大笑。

"我就不能有点私人空间了吗？"一个声音说道。

威廉瞪大了双眼，钢块中的人已经不见了。眼前只有一个机器人坐在帆布躺椅上看报纸。威廉记得这是他第一次来研究所时见过的吵架机器人，是他来到研究所之后最早遇到的一批机器人了，这一个是专门设计出来搞事儿和吵架的。

"你在这里做什么？"威廉问。

"我也可以问你同样的问题，"吵架机器人说，"虽说这不关你的事，但是我想在这里享受难得的清净时光。"

"那个老人去哪儿了？"威廉靠近问道。

"什么老人？"吵架机器人一边问，一边躺进椅子里。

"之前在这里的老人。"威廉的声音都在颤抖，"他被困在一大块金属里。"威廉转身对伊斯亚说："这不是我之前看到的景象——之前这里有个老人。"

"我可不老，我离退休还早着呢。"吵架机器人不耐烦地说道。

威廉没有理睬吵架机器人。"他们肯定把他弄到别处去了。"他的视线扫过地面。

"我们该走了。"伊斯亚说。

突然，威廉注意到地上有一小块白色的塑料，就在机器人坐着的帆布躺椅下面。看上去像一个名牌。威廉朝椅子走去。

"你要做什么？"吵架机器人问。

"我要看看你椅子下面。"威廉说。

"请你不要再侵犯我的私人空间了，我是个看重隐私的机器人。"

"就看一眼。"

"我前妻以前就是这么说的，"吵架机器人说，"看看我现在怎么样了呢。她跟那个园丁机器人跑了。"

　　威廉不想再多加纠缠——他要拿到那个名牌。"那好吧。"威廉说着开始转身，但是紧接着，他假装绊了一下，朝帆布躺椅摔去。他倒在了惊慌失措的吵架机器人身上，接着滚到了地上。

　　"你在干什么？"吵架机器人大吼，"请你尊重我的私人空间。"

　　"对不起，"威廉说着站起身，把名牌塞进口袋里，转身对伊斯亚说道，"我们走吧。"

第十四章

"威廉，等等！"伊斯亚小跑着追上大步流星的威廉，"一块名牌说明不了什么。"

"所以你现在不相信我吗？"威廉说着继续迈上楼梯。他看着手中的名牌，上面写着：古昇馆-庞多斯·迪佩尔。

"我——"伊斯亚一步两个阶梯跟上威廉。

"你知道庞多斯·迪佩尔是谁吗？"威廉问。

伊斯亚犹豫了很久，威廉知道她有事瞒着自己。

"知道吗？"他追问。

她摇了摇头，看着地面。这让威廉更加火大，他转身继续上楼。

"他们一直困着他，我知道。他们在他身上做实验，在我发现之后，肯定把他转移到别的地方去了。"

"研究所不是这样的。"伊斯亚说。

"怎么，说得好像你对研究所了如指掌似的。"威廉走到楼梯顶端的时候说道。

"事实上，我是知道不少。"

"但不是全部，"威廉说着再次停下脚步，转身面对伊斯亚，在她面前挥了挥名牌，"对我来说，这就是他刚才在那儿的有力证明，他们把他关在了研究所的什么地方，我要去弄清楚——"

"弄清楚什么？"一个声音从他身后传来。

威廉转身看到弗雷迪站在不远处。威廉忙把名牌塞进口袋。威廉刚来研究所的时候，就被弗雷迪欺负过，后来，他在双球竞赛中毁了弗雷迪的球，几乎能肯定这次弗雷迪不会轻易饶过他。

"没有运送机器人，你不能随意在研究所走动。"弗雷迪说。

"他和我一起的。"伊斯亚说。

威廉盯着弗雷迪长满雀斑的脸。他可不想被欺负，只是弗雷迪相较上次见面时已经长高了不少，几乎比威廉高上一头。

"你们到下面去做什么？"他冲着楼梯抬了抬下巴问道。

"我们走错路了。"威廉说。

"谁说不是呢。"弗雷迪说着瞥向伊斯亚。

"走吧。"伊斯亚拉着威廉就走，但是弗雷迪走到他们前面，挡住了他们的路。

"我有一阵子没见着你了，威廉，你去哪儿了？"弗雷迪用他黑亮的眼睛仔细观察着威廉,"我还记得你毁了我的球。"

"别纠缠了,弗雷迪。"伊斯亚说。

威廉早就知道有一天可能要和弗雷迪对峙。只是现在,他手上没有球可以用来防身。

"我只是想说,"弗雷迪靠近轻声说,"我已经原谅你了。"

这话叫威廉猝不及防。弗雷迪可是研究所的头号土霸王,竟说出这种话,实在不可思议。

"你在说笑,是吗?"

"我没开玩笑,"弗雷迪说着慈父一般拍了拍威廉的肩膀,"双球竞赛是孩子才玩的游戏。我们都大了,我们中已经有人成长为外勤特工了。"弗雷迪看着伊斯亚会心一笑。

威廉搞不清楚状况。难道弗雷迪也是研究所的外勤特工了吗?

"我们走吧。"伊斯亚拉着威廉的胳膊就走。

"等等,"弗雷迪说着瞥向伊斯亚,"你还没有告诉他,是吧?"

"我——我——"伊斯亚瞪大了双眼。

威廉看着她。告诉他什么?

"伊斯亚和我——"弗雷迪欲言又止,"现在是一队的了。"

威廉一阵冷战。一队？他朝伊斯亚投去困惑的目光。

"我们一起工作，"伊斯亚忙解释道，"研究所把我们分在一个组里……我正打算告诉你。但是你一直全神贯注地……忙着，那个……所以我还没有机会说——"

"未经允许，不得在廊道里随意走动！"一句毫无感情的电脑合成音打断了伊斯亚。一个护卫机器人朝他们驶来，手中的钝化枪口对准他们。

"糟糕，我要走啦！"弗雷迪龇牙咧嘴地笑着说，"再次见到你真是太好了，威廉。伊斯亚，你不走吗？"

弗雷迪点点头。伊斯亚转身看着威廉："威廉……我——"她还没有来得及多说，护卫机器人就再次打断了她。

"再重复一遍：你们不能在此随意走动。请离开！"接着他转身对威廉说："你，跟我来。"

弗雷迪和伊斯亚跟着运送机器人沿着廊道走远。在廊道尽头转弯处，伊斯亚回头看了威廉一眼。

第十五章

威廉看着站在他房间门口的机器人。运送机器人头部一侧的小红灯在闪烁，这表明它在传送信息。

"本杰明·斯拉普顿在找你，"运送机器人说，"他在来的路上了。"

威廉整夜都没有合眼。他坐在地上，头靠着墙，闭上眼睛。后来那个机械手的女人怎么样了？为什么没有人愿意告诉他那个老人的真相？为什么伊斯亚会和弗雷迪一起工作？研究所已经发生了天翻地覆的变化。威廉甚至没有深究斯拉普顿在他身上做的实验呢。斯拉普顿知道他自己在做什么吗？能相信他吗？

听到斯拉普顿的气垫车靠近门口的声音，威廉抬起了头。透过敞开的房门，可以看到气垫车行驶的速度很快，停下来的时候猛地撞到了墙上。

"我不想在廊道里多停留一秒，"斯拉普顿在扇叶的轰鸣声中喊道，"你得快点，发生了很可怕的事情——快上车！"

"怎么了？"威廉起身问道，跳上车坐在斯拉普顿旁边。

"那只蟑螂在夜里不见了。没有任何闯入的痕迹，监控摄像什么都没有拍到。这可真是大灾难啊——一只体内满是骇金的失控蟑螂在研究所里游荡！"斯拉普顿紧张地看了威廉一眼，"没有时间了。威廉，恐怕要让你做更多的实验了。我们得找到那声波的来源，必须抓紧时间。"

几分钟后，斯拉普顿就在忙着把威廉固定在椅子里。威廉抬头，看着头顶的白色控制器。

"在地下室，我看到有一个同样的控制器指着那个老人，"威廉说着转向斯拉普顿，"他困在了某种钢块里面。"

斯拉普顿正忙着整理控制盒里面的电线。听见这话，停下了手中的事。"我不知道有这事儿。"听上去就像排练过的说辞。

"然后，当我回到地下室时，老人已经不见了。"威廉希望斯拉普顿能告诉他真相。

"你不该自己一个人在研究所里乱跑，"斯拉普顿说着合上盒子一侧的面板，"如果你失控了怎么办？"

他起身神色严肃地看着威廉。"那很危险，威廉，你知道的。"斯拉普顿指着椅子说，"上次之后，为你的安全考虑，我又在两侧扶手和腰部位置分别增加了绑带。介意吗？"

威廉深吸了一口气。他不喜欢自己被困在椅子里的想法。

"好吧……"

斯拉普顿迅速把威廉的手固定在扶手上，在他的腰上系好安全带。他拍了拍威廉的肩，问道："准备好了吗？"

威廉点点头。斯拉普顿递给他一个小黑盒子，上面有一个红色的按钮。

"为了实验，我需要你忍受越久越好。但是，一旦你无法承受了，按下这个按钮，控制器就会关闭。知道了吗？"

"知道了。"威廉说着抓紧手中的小盒子。他躺进椅子，闭上眼睛。斯拉普顿为他戴上护耳器，周围变得安静起来。头顶的粒子频率控制器开始嗡嗡鸣响。开始，那声音很微弱，几乎听不见。接着声音越来越响，威廉感到声波在穿过他的身体。

脊椎底部开始翻腾，接着寒意蔓延至背部进入手臂，威廉握紧了手中的黑色盒子。他不想按……还不到时间。他想看看接下去会发生什么。寒意来到了手上，头痛来袭，那感觉就像有人击打了他的前额。他闭上眼睛，紧咬牙关，努力让自己不要叫出声。尽管他的双手在颤抖，他还是努力遏制自己去按红色按钮的冲动。

不能按……不能按……

　　翻腾的感觉消失了，一切都变得安静了。威廉再次睁开双眼之时，已经置身于巨大如岩洞般的大厅了，四周都是高耸的石墙。就像之前看到过的一样，一个巨大的金色圆环在他头顶盘旋，之前看到过的那口有轮子的白色棺材在下面的地上。这长方形的盒子叫人感觉阴森恐怖。不知为何，威廉总觉得自己知道那是什么……

　　他走向那白色的容器，盖子突然打开了，他赶紧后退。灰白的雾气钻出来，如同蛇一般在地上游走。一只手从盒子里伸了出来。威廉想转身，闭上眼，但是做不到。他只是站在那里，盯着那只手。

　　"威廉？"有人在黑暗中叫他的名字。

　　威廉眨眨眼，自己又回到了实验室里。

　　"威廉？"他又听到了叫声，但是他的护耳器让他很难分辨声音来自何处。他环顾四周，看到斯拉普顿飘浮在他前面，离地有几米高。斯拉普顿像一个疯子一样挥舞着手臂，指着威廉。

　　"快按按钮！"

　　威廉低头看着自己颤抖的手中还握着小小的遥控器。他用大拇指缓慢地按下按钮，控制器停止了嗡鸣，身体里的寒意消失了，他看到本杰明从空中砸向地面。

　　"我知道它的来源了，"斯拉普顿说着摇摇晃晃地站起来，冲向自己的书桌，"我知道它的来源了……"

"什么？"威廉问道。他挣扎着想要起身，一时间竟忘了自己是被固定在椅子里的。

本杰明在杂乱的书桌上东翻西找，找到了一本笔记本和一支铅笔。他在本子上写了一些什么，扯下那一页，塞进自己的口袋里。

"你发现什么了？"威廉大喊道。

"哦，对不起，"斯拉普顿说着解开了威廉身上的绑带，把他扶出椅子，"我还得做一些计算，但是我一弄清楚就会马上告诉你的。"

"但是你刚才说已经知道它是什么了。"威廉揉着手臂说。

"是的……我发现了声波的一道分频能够实现悬浮。"他顿了一下继续道，"据我所知，只有一个地方能够产生这样的声波。但是如果事实是我所想的那样……不可能的。"

"不可能？"

"是的，"斯拉普顿说，"不可能。"

第十六章

威廉坐在床上仰望着天空。他的脑子里满是那神秘的飘浮着的圆环和棺材里面的身影。这一切到底是什么意思呢？斯拉普顿所发现的不可能的事情又是什么？他走向窗边，透过铁栅栏向外看去，悬挂的藤蔓弯弯曲曲地盘在玻璃上。几个月前，第一次来到研究所的时候，他觉得这里的公园是世界上最奇妙的风景。但是现在，一道白墙围住了之前的公园，机器人日夜不停地巡逻，一架监控无人机嗡嗡地从他的窗边飞过。

当他站在窗边，陷入沉思时，听到房间里有什么声音——身后的某处有轻轻的敲击声。威廉转过身。敲击声又没有了。然后又响起来，这次声音更大些。威廉往前走了一步，突然看到一只蟑螂在他面前的地上一闪而过，躲进房间另一侧的黑暗角落里，他顿时惊呆了。

就在这时，威廉看到一个人站在那个角落，一动不动。蟑螂停下来，那个身影弯腰垂下机械手臂好让蟑螂爬上去。接着那个人直起身，看着威廉。这一刻，时间仿佛静止了。他能闻到烧焦的橡胶味——仿佛房间里的空气都变得有毒了——而他好像不能呼吸了。威廉转身，慌乱地想抓住什么东西防身，但是他抓到的只有空气。他后退撞上窗边的墙。他想大呼救命，但只是站在那儿，呆若木鸡。

那个人朝着威廉的方向迈了一步，走进阳光。威廉倒吸一口凉气。这不就是在学校外面袭击他的那个女人吗？她戴着黑色太阳镜，凌乱的头发盖住了半张脸，一件黑色的长外套长至膝盖。她的机械手上满是威廉从未见过的奇怪符文。

"很痛苦吧？"女人的声音很刺耳。

"什么痛苦？"威廉不自觉地说道。

"没有归属感，两边都不是的感觉。"女人说道。

她摘下了太阳镜。她的眼睛看上去完全不受控，其中一只迅速地前后移动，仿佛在看着一只看不见的苍蝇。光照在她的另一边侧脸上，那块皮肤立即变红，开始卷起来，仿佛严重地烧伤了。

"你是一个怪物，威廉。就和我一样。你既不是人又不是机器。你两边都不是。可以说你……什么都不是。"

威廉尽力让自己不要惊慌失措，但是肾上腺素涌了上来，他无法进行清晰的思考。这女人实在太强大，他知道自己一丝胜算都没有。他想呼唤门，但是女人举起了手。

"如果我是你，就不费那劲儿了……它听不到的。"她看着在她手臂上跑着的蟑螂，"我以为我永远失去了它……没想到竟在这儿的实验室里遇着它了。是不是很不可思议？"

威廉呆在那儿，无法回答。

"这小东西身体里的一点点骇金有着举足轻重的作用。只要你碰它一下，骇金就会离开它的小身体，来到你的体内。届时，你就更像机器，而不是人了。这样对你反而更好。因为这样至少你是个什么……东西了。"

威廉看着这只虫子。有一瞬间，他在想如果碰了它会怎么样。女人的话对他似乎有催眠的效果——她的声音好像来自自己的脑海，仿佛她能直接对着他的大脑讲话。

"可惜啊，只是你碰不到它。我绝不会让你伤害它的。它可是我的老朋友了。"

"你是怎么进来的？"威廉问道，偷瞟了一眼紧闭的房门。

"我自有办法。"她咧着嘴说。

"你想怎么样？"威廉问，竭力想掩藏自己声音中的颤抖。

"就像我在你那愚蠢的学校外面所说的一样，我要你为我做一点事情。"女人顿了一下，用她狂野的眼睛盯着威廉，"他们还没有告诉你发生了什么，是吗？"她咧嘴笑着，露出两排黄牙，"还保守着秘密呢！"她用胳膊比画了一下。

"发生了什么？"威廉虽然这么问，但心里其实已经知道了答案。

"你已经看到了。"

"那个陷在金属里的人吗？"

女人没有回答。她只是站在那里，嘴角挂着一丝嘲讽的笑。威廉观察着这个女人，希望高夫曼说得没错，这个女人只是一个幻象，是他的大脑和他开的一个玩笑。

"你要为我做点事情。"女人眯着眼睛说道。

威廉的心怦怦狂跳，仿佛下一秒就要跳出胸腔了。

"要是你帮我，我就可以让你今后不再失控。"女人说。

"你想让我做什么？"威廉问道。

"有人敲门。"门突然间说道。

女人转身发出嘘声。"我们很快会再见的，威廉·温顿，"她悄声说着，按下了机械手上的一个按钮，机械手立刻发生刺耳的声音，"如果你和任何人说起我……下次再见面我可不会这么好说话了。我说不定还会对你的小女朋友做点什么。"

"不要碰伊斯亚——"威廉大喊。

但是一道蓝光闪过，女人已经不见了，只留下一团烟，以及空气中令人作呕的煳橡胶味。

"有人敲门。"门在打开之前又一次说道。

伊斯亚站在门外。"我很抱歉。"她一脸歉意地说道。

威廉眨了眨眼睛，想控制住自己的情绪。"怎么了？"他声音颤抖地问道。

"因为昨天发生的事情——我没有告诉你弗雷迪的事情……也没有告诉你其他一些事情……"

"没关系的。"威廉很快说道。

"你没事吧？"伊斯亚看着他，"有什么东西……烧着了吗？"她闻了闻空气。

"一切都很好。"威廉说着走出去把门关上。

"你确定吗？你的样子就跟见了鬼似的。"伊斯亚说。

威廉点点头，不确定要说什么。

"好吧……我过来还是因为我想弥补我的过失。有东西你应该看看，"伊斯亚说，"和庞多斯·迪佩尔有关的。"

她朝威廉点了下头，两个人即刻动身。

第十七章

威廉和伊斯亚快步穿过研究所后的公园。暮色降临，高高的树在草地上投下长长的影子。伊斯亚熟练地在灌木丛和树林里穿梭，威廉则紧紧地跟随其后。他们已经设法绕过了几个护卫机器人，但是现在他们面前有个难题：公园中的护卫车。

那个机械手女人从他的房间离开直到现在，威廉还在发抖。无论她想让他做什么，他都必须找到保护自己、保护伊斯亚的方法。他不能告诉伊斯亚那个女人来访的事情，否则就将置伊斯亚于险境。他需要弄清楚自己将面对什么，然后才是怎么办。

"我不想让你觉得我有什么事情瞒着你，"伊斯亚说道，"所以我想让你看看我们在做什么。"

"我们……是指你和弗雷迪吗？"威廉问。

"我没法选择——研究所分配我们在一起工作，"伊斯亚说，"你了解他之后就会发现，他其实没那么坏。把你带到这儿来就是他的主意，知道吗？"

"是吗？"

突然，她停下来，把威廉拉到一大丛灌木后面藏起来，手指放在唇前做着嘘声的动作。他们静静地等了一会儿，这时，一架顶上装着钝化枪的小坦克正停在这片灌木前。威廉能看到枪管的旁边是一个相机，它正在扫描这个区域，随后又开走了。好像没有发现他们。

"他们有动作侦测仪，"伊斯亚轻声说，"但是如果我们完全静止的话，它们就很难侦测到我们。"

"我们要去哪里？"

"那里。"她指着公园中央的一个人造池塘说。伊斯亚检查了沿岸没有危险，起身说："走吧。"

威廉跟着她一路疾走，很快他们就沿着水边跑起来。在研究所里这么长时间后终于可以出来呼吸新鲜空气，真让人松了一口气。能和伊斯亚在一起活动更是锦上添花。

水面上覆盖着白色的百合花。池塘中间不远处是一座雕像，雕像为一个女人把一个球高举过头顶，那球散发出金色的光芒。几只天鹅游过雕像，它们比公园里其他的一切都更加美丽，好似监狱里的运动场一样令人心驰神往。

"快点，"伊斯亚轻声说，"天鹅很快就会起疑的。"

一只天鹅转过身，用发着光的红眼睛看着威廉。

"怎么，你现在连天鹅都怕了吗？"威廉嘲笑道。

"那些可不是普通的天鹅。"

威廉盯着那些白色的鸟儿。其中一只接近了他们，抖了抖羽毛，接着一个小小的枪管从它背上的小孔伸了出来。

"它们是机器天鹅！"威廉惊恐地说道。

"当然，"伊斯亚拉着他，"如果我们在这里站太久，它们就会开枪。我们得到那里去——"她指向不远处水边的一栋石头建筑，"它们很快就会发现你不是弗雷迪的。"

两个手持钝化枪的机器人站在大楼前。

"护卫机器人？"

"我知道，自从那事发生之后他们就在这儿了。"伊斯亚说。

"什么事情？"威廉问。

"跟我来。"她匆忙走向大楼。

威廉朝身后看了一眼。两只天鹅正盯着他们，枪口正对着他们的方向。其中一只已经到了岸边，正踏出水面。

伊斯亚来到一扇厚重的铜门前，门上有划痕和氧化的痕迹。中间是一个圆形的转盘，就像保险箱上的锁。

"站住！"一个护卫机器人突然喊道，举起了金属手中紧握着的钝化枪。

"我们有身份确认。"伊斯亚说。

另一个护卫机器人过来扫描她的额头。扫描仪上的灯从红色变成绿色。

"他呢？"护卫机器人指着威廉问道。

"他是和我一起的。"伊斯亚说。

"你们可以过去了。"机器人说着走向一边。

威廉向前一步，手指抚摸着铜门粗糙的表面。他的肚子里面开始颤动，每次他开始想一个复杂的密码时肚子里就会这样颤动。

"这门很古老了。"威廉出神地说道。

"是的，"伊斯亚说，"非常古老。我花了两周时间才破解开。这也是其中一项考核要求。"伊斯亚看着两只天鹅摇摇晃晃地向他们走来，"我们得快点。这些天鹅比护卫机器人要聪明。"她轻声说，然后转动着圆盘，先是朝一边，又是朝另外一边，直到门发出轻微的咔嗒响，在锈蚀的铰链作用下，门打开了。

"进来吧。"她说着迅速消失在了门内的黑暗中。

威廉又向后看了一眼天鹅，躲进门内，马上把门拉上了。

第十八章

威廉和伊斯亚来到一个巨大的房间，房间有着玻璃墙壁和拱形玻璃顶，就像一个倒置的水族馆，威廉意识到楼梯是通向下面方才天鹅们游泳的池塘。昏黄的日光穿过头顶浑浊的池水闪烁着，有一个像是机械鲨鱼的东西游过玻璃窗。

"屋顶是抗震玻璃做的，"伊斯亚说，"这个房间属于研究所的一部分，建造于一百多年以前。这里是研究所存放顶级机密的地方。"

威廉的目光深入黑暗之处。整个楼层似乎是钢制的，但是到处都有斑斑点点的锈迹，那是玻璃穹顶偶尔的漏水所致。

"所以，这里就是古异馆吗？"

"是的，"伊斯亚说，"或者，更准确地说，是无法解释的古代物品储藏馆——当然啦，这只是我自己的定义罢了。"

她按了墙上的一个开关，顶上一盏古老的铜灯亮了起来。威廉看到房间里的东西不由得呆住了，灯光下他看到了数百件物品密封保存在各式各样、不同大小的玻璃容器里。乍一看，这些东西和你在历史博物馆里见到的没什么两样。但是当威廉仔细观察这些容器时，发现这些东西简直太不寻常了。他的目光落在了一个玻璃箱上。

"那是我在想的东西吗？"他激动得声音都在颤抖。

"那得取决于你想的是什么了。"伊斯亚说。

"伦敦铁锤……"他轻声说，更加仔细地查看。

"是的。"

箱子里是一把锈蚀的旧铁锤，上面是木头手柄。你可能只把它当作一把丢在风雨中数十年的旧铁锤——但是威廉在挪威的家里，在外公的书里看到过这个东西。伦敦铁锤是一对年老的夫妇在得克萨斯州一个叫作伦敦郡的地方散步时发现的。他们发现一个木质手柄从一块石头中伸出来，感觉十分奇怪，所以他们把这块石头送去了一个实验室。科学家打开石头，发现里面有一把保存完好的铁锤。

"它是什么时候的东西？"威廉目不转睛地盯着铁锤问。

"几百万年以前。"伊斯亚说，"铁锤陷在泥土里面太久，泥土都硬化成石块了。这个过程要花上几百万年的时间。"

"但是那时还没有人类呢，"威廉说，"这也就意味着，原则上……不可能有铁锤的存在。"

"所以它会出现在这里，"伊斯亚说，"这里的所有东西都因为各种各样的原因而不可能存在——至少，基于我们所知的地球上人类的历史，他们不可能存在。"

威廉逼着自己从铁锤处离开，继续沿着陈列柜往前走，然后停在房间中央一个巨大的长柜前。

他目瞪口呆。"这个不可能是真的！"

"是真的。"伊斯亚说。

躺在他们面前柜子里的是一副巨大的人类骨架。威廉走上前，透过玻璃仔细观察——光是头骨就已经跟他一般高了。他沿着硕大的身体向下看去，看到两条胳膊沿着身体两侧伸开。威廉在网上看到过类似这样的巨大骨架的图片，但是大多数后来都被曝出不是真的。

"这个有多久历史了？"

"实验表明约有四千万年。"

威廉注意到头骨的前额处有一个很宽的裂缝。

"那是什么？"他指着裂缝问。

"我猜是他的死因，"伊斯亚说，"他可能是从高处坠落，或是被重物击中了头部。这副骨架是埃及的一位私人收藏家匿名捐赠给我们的。他不敢再把它留在自己身边了。收藏这样的东西可是非常危险的。"

"为什么？"威廉问。

伊斯亚犹豫了片刻。"因为很多人并不想让事实公之于世。"她终于说道。

威廉看着她。"什么事实？"

"我们人类在地球上的完整历史。"

"你是什么意思？"威廉目不转睛地盯着伊斯亚。

"首先，我们在地球上的时间比大多数人所认为得要久很多。"伊斯亚慢慢说道。

"多久呢？"

"看看你的周围，"伊斯亚指着身边的器物说，"许多人工的器物都已经有几百万年历史了。"

"所以呢？"威廉问道，"与我们存在的历史长短有什么关系呢？"

"这对很多人来说都意义重大，"伊斯亚说，"你能想象如果公开人类在地球上已经有几百万年的历史，而不是几十万年的话，会有什么后果吗？我们的整个历史都将重写。"

"我明白了，"威廉说，"人们还没有准备好接受这事实。"

"大概是这样，"伊斯亚说，"所以我们把这些东西储藏编录在这里，直到有一天将它们……公之于世。"

"等到大家能接受的时候？"

伊斯亚点了点头。威廉想：人类历史的一部分被隐藏起来，甚至被认为是危险的，这可真奇怪。为什么看到任何一点偏离常规的东西，人们都会觉得受到威胁呢？但是威廉想到了自己体内的骇金，想起了挪威的老师是怎么待他的。威廉知道那是因为汉博格先生怕他，因为他与众不同，在某些意义上，比汉博格先生聪明得多。也许人们也还没有准备好接受他。

威廉又看向那副巨大的骨架。"这个男人肯定得有三十多米高吧。"他指着骨架说道。

"不，这是一个女性。"伊斯亚说。

"哇！你觉得过去地球上真的存在过巨人吗？"

"开始在这里工作之后，我意识到一件事情。"伊斯亚稍加停顿。

"什么？"威廉问道。

"那就是没有什么是不可能的。"伊斯亚的目光在拥挤的房间里游走，"我觉得你会想看看这个，"她往前走了走，继续说道，"那个东西你怎么看？"她指着远处墙上的东西问道。

威廉看到一只玻璃箱子里有一个石头机器人，惊得下巴都要掉下来了。他来到箱子前——立刻认出了标签上外公的笔迹：三百八十万年前外骨架。

"这是我们发现的最古老的外骨架之一。"伊斯亚说。

"三百八十万年的历史?"威廉难以置信地嘟囔道,"谁能造出来呢?"

"我们还不确定。"

"它用什么供能呢?电吗?"威廉问。

"我们还不清楚,"伊斯亚挠了挠头说,"本杰明和研究所里的其他人也不知道。他们从世界各地收集来这些东西,带到这里做进一步的检验,然后我们尝试着复制其中最有意思的古代科技。我们已经在仿制这样的外骨架上取得了一些成果。"

"我知道,"威廉说,"研究所送了一副给我爸爸试用,特别棒。"

威廉开始理解为什么这么多人想把这些发现藏起来。这个房间里的东西,但凡有一件是真的,世界的历史就将重写。

"对不起,之前没有告诉你。"伊斯亚说。

威廉转身看着她。"你是指我在实验室看到的那个人吗?"

伊斯亚点了点头。

"那不是你的幻觉,"她说,"他是真的……庞多斯·迪佩尔是这里的馆长,在他身上发生了非常糟糕的事情。"

　　威廉想起来他在密室里找到的名牌上写着：古异馆。

　　"过来这边，"她示意威廉，"还有些东西，我想让你看看。"

第十九章

"他们就是在这儿发现他的。"伊斯亚说着指向他们面前的地面，地面上有一个正方形的大坑。

"到底发生了什么？"威廉问。

"不知道什么人用某种激光射了他，"伊斯亚说，"应该是想杀了他的，但是他活了下来——不过被埋在了熔化的金属地板里。所以只能把一整块地面都切开，把他送去实验室，在那里把他解救出来。"

"你之前为什么不告诉我这些呢？"

"这是顶级机密，"伊斯亚说，"但是我还是告诉你了——这总归有些价值吧？"

威廉点点头，对自己没有告诉伊斯亚那个机械手女人的事情而感到很羞愧。是那个女人做了这一切吗？他走到坑的边缘，朝里面看去。

"你知道是谁干的吗？"他问。

伊斯亚正准备回答，威廉转身看到弗雷迪正朝他们走来。伊斯亚忙站到威廉的身边。

"很激动，是吧？所有这些东西简直不可思议。"弗雷迪张开双臂，好像国王展示他的领土一样，"你来这里我可是一点都不意外。你肯定觉得这地方很有意思吧。"

威廉没有回答。他还是没有明白为什么弗雷迪会这么友好。几个月前威廉在研究所的时候，他的性格可不是这样的。

弗雷迪看着伊斯亚。"所以，你已经给他看过那个球了吗？"

"什么球？"她好像很困惑。

"你不知道吗？"弗雷迪走在两排高大的架子中间，"来吧，威廉喜欢球——我来为他介绍！"

威廉看着伊斯亚。

"我们该走了。"她说。

威廉感到肚子里一阵轻微的颤动。颤动逐渐加强，接着开始沿着脊柱向上传递。好像有一股无形的力量在拉着他前进，他没有办法只能继续向前。难道又要失控了吗？他让自己不要惊慌。

"你去哪儿？"他听到伊斯亚在他身后说道。

"我不知道，有股力量拉着我。"威廉说。

他跟着弗雷迪来到房间的另一端。这里很暗。在他的面前依旧是一排排老旧的玻璃箱子，有些箱子盖着棉质防水罩，防水罩上积满灰尘。

"这可是老东西了。"伊斯亚说。

"这下面不是所有的东西都很古老吗?"威廉想控制肚子里的震动。

"这东西年代太过久远,已经无法追溯了,"伊斯亚说,"我都不知道这里有些什么。"

威廉继续往前走着。他的眼睛已经慢慢适应了黑暗,他看到弗雷迪站在一个旧箱子旁边。这箱子有两个威廉那么高,大约两米宽,部分遮盖着灰色的防水布。弗雷迪举起手,抓着防水布,一把扯了下来。

"弗雷迪,我真的觉得你不该……"伊斯亚说。

箱子里的东西对威廉有着强烈的作用。他感受到一股力量拉着他,一定是某种密码。威廉隐约看到一个圆形物体的轮廓,大约有篮球那么大。他一步向前,俯身直至额头抵在了玻璃上。他的视线无法从那个东西上移开。

这是一个铜制的球体,上面有深深的凹陷与刻痕,满是奇怪的符文。威廉感到自己全身都在震动。他不顾一切只想拿到球。

"这东西一定非常稀有。"他含糊地说。

"是的,"弗雷迪说,"无价之宝……"

"所以别去碰它了,"伊斯亚说,"要是我们把它打破了,一定会有大麻烦的。"

威廉很想打开箱盖把球拿出来，他努力控制自己的欲望。只是拿着它又能造成什么伤害呢？他无比渴望，但是逼着自己向后退了几步。体内的震动稍稍平息了一些。

"我们是不是该把它拿出来好好看看？"弗雷迪说，"我一直很好奇这个球能做什么。"

"不，"伊斯亚坚定地回答，"你们两个是怎么回事？我们该走了。"

"为什么？"弗雷迪说，"研究所的一切都变得那么严肃，找点乐趣又能有什么害处。你是个天才，威廉。这个密码从前没有人解开过，难道你不想试试吗？"

"最好不要吧。"威廉说。

"你只是谦虚。"弗雷迪拉开玻璃门上的门闩。伊斯亚上前阻止，但是他毫不理会，径直伸手进去，小心地用双手把球搬了出来。"这可是真家伙，"弗雷迪说，"不像之前他们在研究所给我们的那些仿制品，"他盯着球看了一会儿，"你知道他们为什么要把所有这些真的球藏起来吗？"

威廉摇摇头。"为什么？"

"因为它们很强大——但是你已经知道了，不是吗，威廉？"

"别说了，弗雷迪。"伊斯亚不耐烦地说道。她想从他手里把球拿走，但是弗雷迪躲开了。

"你觉得呢，威廉？"弗雷迪说着又靠近了一些，"难道你不想试试吗？反正它已经太老了，不可能还有用的。"

"别听他的，威廉。"伊斯亚拉着他的胳膊说。

但是威廉已经呆住了，就好像古老的球体在拉起他的手。他又感觉到肚子里开始震动。尽管威廉很想反抗，但内心深处他很想向自己证明自己的能力——在过去几天发生的一切之后，他需要为自己正名。还没来得及反应，他已经从弗雷迪的手中接过了球，在触碰到球的那一刹那，震动就穿过脊柱，来到了他的双臂。

"威廉？"他听到伊斯亚叫他。

但是一切都已经太迟。她的声音好像来自很远的地方，威廉只能把注意力集中在面前的球上。他的手指开始工作。一开始，各个部分很难移动。很显然，已经很久没有人用过这个球了，但是，一点点地，在他的扭转下，各个部分开始移动。咔嚓……咔嚓……咔嚓。越来越快。

威廉转头，看到弗雷迪正朝他咧嘴笑着，而伊斯亚在关切地看着他。这一瞬间，威廉知道自己做了一个错误的决定。他对球的力量一无所知，而且他多次受到警告，解密可能令他再度失控。怎么别人一说，他就听信了，让自己进入到如此危险的情境之中呢？

威廉低头看向自己的手指，它们正在球的表面快速移动——他不顾一切地集中所有的精力想让它们停下来，但是手指不听指挥。威廉更加用力，直至全身都不可控制地颤抖起来。他用尽全身力气抽开一只手，球砸到了地上。

威廉站在那儿看着球，它在面前的地上一动不动。

"如果它毁了，都是你的错。"弗雷迪厉声说。

"是你怂恿他的，你这个蠢货，"伊斯亚说，"威廉，我们走。不然——"

球开始震动，如同击鼓一般。

"怎么了？"弗雷迪问道，一边向后退去。

"我不知道。"威廉说。

球的震动越来越强。

"如果继续这样下去，地板会被它砸穿的。"弗雷迪说。

"看……它飘起来了。"伊斯亚瞪大眼睛说道。

果然，球离开了地面，向上飘浮。当它到达威廉头顶的高度时，它不再向上，而是在半空中盘旋起来。

"我们赶紧出去吧。"弗雷迪说着就要走。

"我们不能就这样走了。"威廉说。

"那好，你把它关掉呀。"弗雷迪听上去好像快要哭了。

"我做不到。"威廉说。

球震动得越来越快，开始发出尖锐的响声。这声音让威廉想到了斯拉普顿实验室里的控制器。接着便是那种感觉。一阵凉意在威廉肚子里蔓延，接着传遍了全身，然后是头部剧烈的刺痛。他知道自己又要开始失控了。

他转身对伊斯亚说："快点出去……去找斯拉普顿。"

"啊？"伊斯亚没明白，"你在说什么？"

"他说：'快出去！'"弗雷迪大喊，转身就跑。

他们身边的展示柜开始嘎吱嘎吱响。威廉看着自己的脚，意识到自己的身体已经飘离地面。

"救命！"弗雷迪在双脚离地后大叫。

"糟了！"威廉喊道，"球肯定是改变了重力。这里的一切都会毁掉的！"

"但是展示柜都是固定在地上的。"伊斯亚在嘈杂声中喊道。

她倒挂着身体，紧紧抓住一个箱子的边缘。这时威廉已经飘在了离地几米的半空中，绝望地寻找可以抓住的东西。

"快出去！"他又一次大喊道。

威廉完全失控了。他不能控制自己的动作，挣扎着想保持清醒。就好像他的身体和球在以同样的频率震动。

"威廉，你怎么了？"他听到伊斯亚大喊。

但是威廉无法回答。他周围的一切变得雾气朦胧。他又回到了那个洞穴。飘浮着的金色圆环在剧烈地震动，发出耀眼的金色光芒，照射在地上的白色盒子上。盘旋的圆环震动更加猛烈，地上的盒子开始升起，朝圆环飘去，然后停在了半空中。

他到底做了些什么？

第二十章

威廉竭尽全力想找回自己的意识。慢慢地，他想起了当下的事情。古老的球体……古异馆……失重。他感到天旋地转，头痛欲裂，但还是睁开了眼睛，环顾四周。他正躺在床上，但是不在自己的房间里。这个房间更大一些，纯白色，沿着墙边都是床铺。那两个司机机器人正守在门口。威廉想慢慢起身，但是看到高夫曼站在窗边，立刻又躺了回去。

"下面发生了什么?"高夫曼突然问道，"古异馆中多数没有固定在地上的东西都毁了。"

"毁了?"

"是的……毁了。"高夫曼来到威廉的床脚处。

"伊斯亚和弗雷迪……怎么样了?"威廉问，"伊斯亚还好吗?"

"他们没有生命危险，"高夫曼说，"但是把你带到那下面去是要承担后果的。"

高夫曼把他的拐杖靠在床边的椅子上，靠着床注视着威廉。

"你是不是已经发现关于庞多斯·迪佩尔的真相了?"高夫曼问。

威廉点了点头。

"对不起,这件事情我们之前一直瞒着你……我还想让你相信是你产生了幻觉,"高夫曼说,"但是不管你在古异馆做了什么,都已经毁了古异馆,这是无法推卸的责任。"

威廉羞愧地垂下了头。"庞多斯·迪佩尔到底发生了什么事?"他轻声问道。

"这也是我们想弄清楚的,"高夫曼说,"他现在被安置在一个秘密的地方,直到他醒来,告诉我们是谁如何袭击了他。"

"监控录像有拍到什么吗?"威廉问。

"什么都没有。"高夫曼抬头看着墙上正对着威廉床的监控摄像头,"这个人一定拥有某种干扰技术。"

高夫曼对司机机器人点了点头,他们随即转身离开房间。"现在告诉我,在古异馆发生了什么事?!我要知道你做了什么,为什么所有的东西都飘起来了。"

威廉沉默了一会儿说道:"它在那里……在所有古老物体的中间。我不是有意——"

"它是指什么?"高夫曼问。

"球。"威廉说。

"球？"高夫曼瞪大了双眼，好像威廉说的话吓到了他似的，"古异馆里面只保存有一个球，它在庞多斯遇袭当天就被盗了。那个球是什么样子？"

"它看上去非常古老，而且很大，有篮球那么大。"威廉用手比画着，"它的表面都是刻痕和凹痕。"

高夫曼坐在椅子里一言不发——他脸上仅有的一丝血色也消失殆尽了。他看上去好像听到了世界即将灭亡的消息一样。

"他们肯定把它放回来了，"高夫曼自言自语，"然后……你把它激活了？"

威廉点了点头。他无比羞愧，懊恼自己怎么就听信了弗雷迪的话。威廉低头看向自己的双手。他不知道自己该说什么……能做什么。当下万籁俱寂，威廉这才听到有细微的声响。

"噗……噗……噗。"

威廉的目光在房间里搜寻。他之前以为房间里只有他一个病人，但是现在他看到房间另一端的角落里有块幕布盖在什么东西上面。

"这声音……"威廉说着看向高夫曼。

"我们终于想办法把庞多斯从金属中分离出来了，"高夫曼说，"他还在昏迷中，我们只需等待他醒过来。"

威廉知道他得告诉高夫曼那个机械手女人的事情——至少得提醒他们。他只希望高夫曼知道如何保护伊斯亚安全。

"还有一件事情——"威廉刚想说什么，门猛地被打开了，斯拉普顿冲了进来。

"这太不可思议了！"他大喊道，朝他们冲了过来。

"什么？"高夫曼说着从椅子里起身。

"我之前就有个猜测，特别是听威廉说他在第一次失控后所见到的场景，"斯拉普顿说，"上次我在定位声波的来源时……证实了这个猜测。"他的声音因兴奋而颤抖，"它是真实存在的……而且已经被激活了。"

"什么被激活了？"高夫曼问。

"隐码传送门。"

"那不可能。"高夫曼呆立着，仿佛已经石化。他的眼睛转来转去，最终落在了威廉身上。"那一切都说得通了……你一定是解开了球，激活了传送门。"

"什么门？"威廉问。

高夫曼抓着斯拉普顿走向门口，随后转身看着威廉。"你待在这儿。护卫机器人会看着你，哪儿也不要去。"

威廉还没有来得及反应，高夫曼和斯拉普顿已经不见了，两个护卫机器人驶入房间。威廉的思绪在脑海里翻腾。

隐码传送门是什么？

第二十一章

就这样被丢下，威廉不免感觉沮丧。高夫曼难道期望他只是待在这里，对外面正在发生的一切不管不顾吗？但是他已经多次坏了规矩，这次下定决心要乖乖听话。威廉躺在床上，想着自己在失控过程中反复看到的巨大的金色圆环和地上的棺木。他想弄明白这些到底是什么意思，但是想来想去只是头疼。突然间，他意识到，空气中有股煳橡胶味。

"威廉。"房间里不知何处传来沙哑的声音。

听到此声，恐惧袭来，叫他无法动弹。威廉环顾四周，看到机械手女人正站在窗边。她咧着嘴，朝他走来。

"站住！"两个护卫机器人同时喊道，举起他们手中的钝化枪。

她快速按下了一个按钮，一道激光从她的机械手中射出，两个护卫机器人立刻消失不见了。她打开手臂上的一个盖子，将金属灰烬倒在地上。

"从来不长记性。"她说着按下机械手上的另一个按钮。一眨眼，她也不见了。威廉扫视房间的四周。他坐起来一些，心扑通扑通地狂跳。一眨眼，女人又出现在他的床脚。威廉猛地后退，床砰的一声撞上了身后的墙。

"你想要什么？"威廉的声音在颤抖。

"我已经拿到我想要的东西了。"她在床边走来走去——每走一步，她的皮靴都嘎吱嘎吱响。她走到威廉的面前，在床沿上坐了下来。烧煳的橡胶味令人作呕。

"你拿到什么了？"威廉靠着床头板直起身。此刻他只想远离这个女人。

"这个。"女人举起一个皮包，放在自己的大腿上。她咧着嘴，打开包让威廉可以看到里面的东西。

"球？"威廉惊呼。正是弗雷迪在古异馆给他的那个球。小蟑螂在球面上跑过，躲到包里面去了。

"研究所把这球藏在下面那么多年，都不知道它是什么。我把它偷出来，想破解保护它的密码。但不是每个人都像你一样是破译密码的天才，"女人说，"我需要你为我破解。"

"所以你到我学校外面堵我？"威廉问。

"当然，"女人说，"但是后来你外公把你带回到这里，我就即兴发挥了一下。我把偷来的球放回了原处——我知道他们绝对想不到来搜查这里——然后……就成功了！"她张开了双臂，"我得到了我想要的……就在他们的眼皮子底下。"

"它有什么用?"威廉问。

"这个球,"她用机械手敲着包说,"就像一个远程遥控器,控制着喜马拉雅山脉里的隐码传送门。"

"隐码传送门?"威廉轻声重复,他突然想起斯拉普顿说隐码传送门被激活了。

"研究所的蠢货们一无所知。他们以为传送门百万年以前就被毁了,但其实没有。"她短暂地停顿了一下,用她疯狂的眼睛盯着威廉,"现在我要通过传送门把他送过去。"

"他?"威廉问。

"好吧,告诉你也无妨……反正你也要丧命了。"她笑着按下了手上的一个按钮,"虽然我觉得像你这么聪明的人这会儿应该也全都明白了……我做了他们觉得不可能的事情……他们觉得不可能发生的事情。"

"什么?"威廉体内肾上腺素飙升。她真的要对自己动手了吗?

"趁你在古异馆制造混乱的当口,我把亚伯拉罕从冷冻室带出来了。"女人站起身,"当然了,一直以来的计划就是这样的,只不过你把这一切变得更容易了。"

威廉不敢相信。难道她真的已经把亚伯拉罕从戒备森严的冷冻室里救出来了?

"现在我要把他送过传送门，"她的手指着威廉，"我会带你向他问好的……再见了，天才！"

她手上发出的尖锐声音愈发刺耳，还伴着震耳欲聋的嘟嘟响声，威廉觉得自己的耳朵快要爆炸了。一束耀眼的光线朝他射来，要将他粉碎，他马上冲下床，摔在一个翻倒的满是医学仪器的橱柜上，接着一头栽在地上。一盒盒绷带和一卷卷纱布一股脑儿全落在他身上。一束光击中了橱柜，橱柜马上就不见了。

来不及细想，威廉扑上前，滚到庞多斯·迪佩尔床边幕布的下面。老人的双眼紧闭着，一个氧气面罩罩着他的脸。他的胸膛随着呼吸机的节奏上下起伏。威廉躲在床后，透过幕布间窄窄的缝隙向外看去。一堆焖烧的金属冒着烟——刚才他躺着的床就只剩下这些了。

"只有婴儿和懦夫才会躲躲藏藏的，"威廉听到女人说，她的脚步嘎吱响，这时正停在了幕布的外面，"你最好出来面对我——至少想办法保住你仅剩的那一点尊严。"

庞多斯呻吟着醒来。威廉看到老人眨了眨眼，慢慢地睁开了眼睛。不，不是现在，威廉这样想着。庞多斯伸手摘掉了氧气面罩。老人俯视着威廉，威廉把手指伸向嘴边，接着又指了指幕布。幕布被掀开，威廉听到尖锐的嘟声，她出现了——她两眼疯狂地注视着庞多斯。

"原来你一直躲在这儿啊。"她举起机械手，咧嘴笑了，"太完美了，一石二鸟。"

老人惊愕中举起双手。"不，不要啊。"他呻吟着。

威廉抓着庞多斯的睡袍，一把把他拉下床。他重重地落在地上，马上在床后挣扎着往前爬。威廉看着周围——门离得太远，来不及跑过去。

"永别了！"女人的嘴边浮现出邪恶的笑容，她手上的响声越来越大。威廉扫视着四周，想找到一样东西——任何能够用来救他和庞多斯的东西。这致命的光线几秒钟就可以把他们两个人粉碎。他的目光落在地上的皮包上。蟑螂正从敞开的包口中向外张望。这时威廉有了个主意——这招风险很大，但是可能有用。他把脚抵在身后的墙上，用尽全身力量蹬墙，人向前冲去。他撞在床上，床倒下砸向女人，她踉踉跄跄地朝后退去。威廉滚过地面，行云流水般抓到了皮包，用力朝窗户扔去。

"不……！"她尖叫着。

一面玻璃炸裂，变成碎片，球飞出了窗户。女人跟着扑了出去，仿佛这是世界上最宝贵的东西。砰的一声响，她和包都不见了。

威廉静静地躺着，等她再次出现，但是什么都没有发生。只能听到外面廊道里警报的声音。慢慢地，他站了起来。他低头看看自己是不是全身都还在——腿在颤抖，但是万幸，人还活着。

突然间，门猛地打开，一群护卫机器人举着钝化枪冲了进来。他们把威廉团团围住，高夫曼大步走进病房。他驻足看着支离破碎的房间，然后看着威廉。

"我真是一秒都不能离开。"高夫曼摇着头说道。

"是她。"庞多斯·迪佩尔从床后艰难地站起身，"是科妮利亚·斯特朗勒。"

"还有她找到了亚伯拉罕，"威廉说，"她把亚伯拉罕从冷冻室带走了。"

高夫曼惊得下巴都要掉下来了。

第二十二章

　　气垫车在研究所下面狭窄的廊道中飞速行驶。威廉坐在后座，紧紧地抓着扶手，斯拉普顿驾着车，高夫曼坐在副驾驶座。威廉没想到气垫车原来可以开得这么快，因为推进器的吸力，他的头发全都飘了起来。他瞄了一眼身后，十几个护卫机器人跟着他们，每一个手里都拿着钝化枪。

　　"我一个小时之前刚检查过冷冻室，"斯拉普顿在扇叶的轰鸣声中喊道，"那时候一切都还很正常。"

　　"可能是在那之后发生的吗？"高夫曼喊道。

　　"系统没有闯入的报告。我不知道人是怎么进去而不被发现的，更不用说带着整个冷冻箱走了。"斯拉普顿用力转动方向盘，气垫车驶入另一条廊道。

　　"她是趁所有人都在古异馆的时候进去的。"威廉喊道，但是扇叶的轰鸣把他的声音淹没了。气垫车在廊道的尽头猛地停下。斯拉普顿跳下车，来到一扇巨大而厚重的门前。

　　"我们把门打开。"斯拉普顿说着，把他的前额靠在门旁边的扫描仪上。

高夫曼走到门另一侧的扫描仪前。他向前把额头抵着扫描仪。微弱的嗡嗡声从墙的深处传来，门上一道光闪过，从红色变为绿色。

铁门慢慢滑开，斯拉普顿退后一步。护卫机器人队列整齐，所有人都屏住呼吸。冰冷的灰白雾气从房间里弥漫出来，像一幅魔法地毯一样向他们游来。门刚刚打开一道能过人的缝隙，斯拉普顿就跳了进去。

"等等！"高夫曼喊道。

但是斯拉普顿已经消失在门后。

"快进去！"高夫曼对护卫机器人招手道，"快点！"

护卫机器人蜂拥而至，一个个消失在门后。威廉看着高夫曼，他还站在门口，仿佛害怕进去，害怕里面有什么东西……或者说，更糟的，里面一无所有。

威廉再也忍不了了。他跳下车，推开高夫曼，进了门。他进门后停下来。里面更冷，能够看得到自己呼出来的白气。他看了看四周，数了数房间里靠墙的排成一排的十台棺材一样的冷冻柜。威廉的心越跳越快。这些冷冻柜和他在幻象中看到的金色圆环下面的盒子一模一样。

斯拉普顿站在一排冷冻箱中的空当处。他一动不动地站着，盯着空当，呼吸变成灰色的雾气。护卫机器人在他身边围成半圈，手中钝化枪高举着。

　　"不见了，"斯拉普顿呆立着说道，"我不敢相信……他真的不见了。"

第二十三章

十分钟后，威廉已经置身于一辆劳斯莱斯中，他的对面是高夫曼和庞多斯。外面漆黑一片，汽车在暗夜中飞速前进。高夫曼翻着他的公文包，而庞多斯在他身边静坐着一言不发。虽然庞多斯刚从昏迷中苏醒过来不久，但他坚持要一起跟过来，而斯拉普顿决定留守在研究所，持续监控声波的情况。

"我们去哪里？"威廉轻声问道。

"这附近有研究所的一个秘密机场，"高夫曼一边继续翻着公文包，一边咕囔道，"一架飞机在那儿等着我们。我们要去喜马拉雅山脉。"

"喜马拉雅山脉？"威廉惊呆了。

"是的，"高夫曼说着看了威廉一眼，"本杰明的坐标显示传送门就在那里。另外根据你在失控过程中的所见，他的分析应该是正确的。"他低头看着自己手上的一块特大号手表。"八小时三十七分钟。"他自言自语。

"这表是做什么用的？"威廉指着手表问道。

高夫曼似乎沉浸在自己的思绪中，没有听到。

"这是低温监测计，"庞多斯用嘶哑的声音说道，"它和亚伯拉罕的冷冻箱相连，可以记录冷冻箱上的不同数据——温度及类似的东西。"庞多斯前倾伸出手，"对不起，"他笑着说，"不敢相信我们还没有互相正式介绍过自己。"

威廉握着老人的手，很凉。

"庞多斯·迪佩尔，古异馆馆长。"

"是的，我知道，"威廉说，"我看到了那时候你被——困在金属块里。"

"是的，"老人说道，"我很幸运。她是想置我于死地的，但是她太着急了。她只关心那个球。"庞多斯停顿了一下，看着威廉，"还有，谢谢你在病房里救了我。"

"不客气。"威廉说。

庞多斯转身问高夫曼："你找到了没有？"

"找到了。"高夫曼从公文包里抽出一个泛黄的文件夹，递给威廉。威廉接过文件夹，看着上面贴着打印的标签。

"科妮利亚·斯特朗勒？"他读出声。

"庞多斯醒来，确认了这个女人的身份，一切就都豁然开朗了。"高夫曼用他嶙峋的手指指着文件夹，"看里面。"

威廉打开文件夹，看到首页上的照片吓了一跳。虽然这是一张老旧的黑白照片，但他还是立刻就认出来了。就是那个女人，在照片里用凌厉的、疯狂的眼睛盯着他。

"她叫科妮利亚·斯特朗勒……"高夫曼说，"你还记得亚伯拉罕偶然发现那块骇金之后被人在隧道中发现的事吗？他随即被送往医院，几个小时之后他就从医院消失得无影无踪。事实上是科妮利亚·斯特朗勒把他带走，照顾他直至他好转。"

"她为什么要帮助亚伯拉罕？"威廉问，"难道她不知道亚伯拉罕是一个杀人犯吗？"

"斯特朗勒并非她的真名。她改了姓氏……"庞多斯说，"她其实姓……塔利。"

"她是亚伯拉罕的女儿。"高夫曼说。

威廉张了张嘴，不知道要说什么。

"但是最奇怪的是，"庞多斯说，"她在二十世纪已经老死了。"庞多斯沉默了一会儿，仿佛想给威廉时间来消化这个信息，"在研究所现身之前，她一直是死亡状态。但是不知道她用了什么方法活了过来，而且还让自己变得更加年轻了。"

"那怎么可能呢？"威廉说着又看向照片。

"我们不知道，"高夫曼耸了耸肩，"这是个谜。"

"自从骇金进入亚伯拉罕的身体之后，他就不再变老了，"威廉说，"难道她也是这样吗？"

"如果这样的话，"高夫曼说，"你得像亚伯拉罕那样，身体里几乎百分之百都是骇金。"

"而且她设法从我们的眼皮子底下把整个冷冻装置——包括氮箱和冷化剂，连同亚伯拉罕·塔利在内，一起带走了。"庞多斯用手帕擦了擦鼻子，看向高夫曼。

"怎么做到的呢？"威廉问。

"她的机械手一定有着强大的分解能力。"高夫曼顿了一下，"这能让她把所有东西的原子撕开，然后在别处再组装起来。"

"简单来说，"庞多斯解释道，"它就是一个可携带传输装置。她就是用这个在馆里攻击我的。"

"我们正准备把庞多斯解救出来，结果被你撞见了，"高夫曼说，"我们本想等本杰明找到你失控的原因，再告诉你我们所知道的一切。所以我们把庞多斯转移到病房去了。"

他们陷入了沉默。威廉看向车窗外的黑夜。他突然间意识到是他帮助科妮利亚激活了隐码传送门，从研究所带走了亚伯拉罕。

"所以，亚伯拉罕又自由了。"威廉说。

"某种意义上是的，"高夫曼看着自己的表说道，"但是他还在冰冻中。"

"直至冰冻失效为止。"庞多斯瞥向高夫曼。

"科妮利亚利用你激活了传送门，"高夫曼说道，"但你也是唯一能够让它失效的人。我们要赶去喜马拉雅山脉，找到传送门，阻止她把亚伯拉罕通过传送门送走。"

"我们要怎么才能做到呢？"威廉问。

"等会儿飞机上会有详细的说明。"高夫曼俯身，用拐杖在玻璃上敲了敲，提醒司机机器人加速。威廉靠回座位，汽车在暗夜中疾驰。

第二十四章

劳斯莱斯穿过一连串的大门，继续行驶在宽阔的跑道上。车内有顶灯照明，而外面漆黑一片。车停了下来，高夫曼打开车门。

"我们走吧，"他说着跨出车门，"飞机随时就到了。"

"祝你们好运。"庞多斯没有动身。

"你不来吗？"威廉问。

"我也希望能去，但是我的健康状况不如从前，被困在一大块金属里这么些天，情况更加糟糕。我已经告诉他们所有我知道的信息，现在是时候离开了。"

威廉给了老人一个宽慰的笑容，随后爬出汽车，关上车门。车驶远之后，他注意到两个司机机器人站在跑道上。

"车可以自动驾驶吗？"汽车消失在夜色中，威廉问高夫曼。

"当然。"

"所以其实你不需要司机？"威廉问。

"不需要它们开车。"高夫曼笑道，"但是它们喜欢待在前面，而且它们可以处理很多别的事儿。"

两个司机机器人在机场就位，其中一个打开钝化火炬，将一束光射向繁星点点的夜空。威廉和高夫曼注视着天空，但时不时地，高夫曼就要看一眼手腕上的低温监测计。终于，远远地传来轰鸣声。

"他们来了。"高夫曼说着，一架大飞机出现在黑色的夜空中，正以极快的速度接近。

"它在哪儿降落呢？"威廉问。

"它不降落。"高夫曼答道。

威廉着了迷一般呆站着，看着巨大的白色飞机在他们的上空盘旋。它有一个足球场那么长，形似一头无比巨大的白鲸，而且机身上没有一扇窗——连驾驶舱都没有。突然，一个盖子从飞机底部打开，一个平台下降至他们面前。

"来吧。"高夫曼说着登上平台。

威廉、高夫曼和两个司机机器人站在飞机内部一个巨大的货仓内。

"飞机将带我们飞往喜马拉雅山脉，"高夫曼在强劲的引擎轰鸣声中喊道，"我们已经为各种可能做好了准备。比如说，那边的装置，是雪地专用车。"高夫曼指着一个小型拖拉机大小的机器。机器有玻璃顶，有履带，但没有轮子。"那些是逃生球。"高夫曼说着示意着墙上一扇大门前的两个玻璃球体。

"玻璃的逃生球?"威廉说,"这个材料的选择也太奇怪了吧。"

"抗震玻璃。"高夫曼说。

"那些是什么?"威廉指着挂在墙上的一排灰色连身衣裤问。

"我们最新型号的保暖服。这款衣服是我们的骄傲,"高夫曼说,"它的材质可以根据环境改变属性。就连靴子的底都可以适应你行走的路面状况。"

威廉抚摸着衣服的材料。他能够感觉到衣服在抚摸下改变着质地。"酷,"他轻声对自己说道,"好像有生命一样。"

"欢迎您,高夫曼先生。"声音从他们身后传来。

威廉转身看到一个牛奶盒大小的方形机器人,长着大大的球一样的眼睛。

"我带您去看看您的房间。三十四分钟之后将开始情况说明会。"奇怪的盒子状的机器人继续说道,"跟我来。"

高夫曼和威廉跟着蹒跚前行的机器人。

"既然您已经来到了这里——"机器人用它的大眼睛看着高夫曼说道,"有几件事情我想和您谈谈。"

"什么?"

"我已经受够了没有一个真正的名字,"机器人说,"我受够了所有的绰号：四角裤，方裤头，盒子……"

"暂时，我们叫你贝塔——就这样。我们还没有为你申请专利，"高夫曼说，"而且你还没有最终制造完成呢。"

"如果说我能提议的话，"贝塔说，"我觉得圆形可能会更实用一些，这样我就可以滚着前进，而不是跳了，而且我就会有更酷的绰号，像跳跳、球球或者霹雳球这种。"

"我们再想想，"高夫曼说着转向威廉，"你有你自己的房间。我建议你休息一下。我们很快会有一个情况介绍，然后我们几小时之后就会到达目的地——现在让贝塔带你去房间。"

"跟我来。"贝塔说着在金属地面上咔哒咔哒地跳，像个笨拙的模子一样。

威廉走进一个宽敞的房间。他环顾左右，里面有一张床，一个小沙发，一张书桌，墙上挂着一台平板电视，屏幕上显示白云在蓝天中穿行。威廉走近屏幕，仔细观察。

"飞机上没有任何窗户，所以每个房间都有一个屏幕告诉你外面的情况，"贝塔说，"不能看到外面的情况会让人产生幽闭恐惧，所以有屏幕会好一些。"

"真酷。"

"外面变冷了。五分钟之后我们将离开大气层，进入外太空。"

"太空？"威廉吃惊地看着机器人。

"是的，"贝塔说，"没有空气的阻力我们可以快很多，我们将在真空中穿行。传统的飞机要飞十二个小时，而我们不用两个小时就能到达。"

"哇！"威廉赞叹不已，又看着屏幕。屏幕显示他们正在飞离地球的大气层，蓝色的天空越来越暗。

"三十分钟之后我来叫你参加说明会。"贝塔说着退出了房间。

威廉坐在床上，双手捂着脸。亚伯拉罕又逃脱了。现在，他们正追着他前往喜马拉雅山脉。这一切感觉就像是个噩梦。他怎么能允许自己进入这个骗局，解开了球呢？怎么能这么愚蠢？从现在开始，一定要更加警觉，更加小心。如果说是他把所有人都卷入到现在的混乱局面中，那么也是他，必须把大家解救出来。

第二十五章

三十分钟后，威廉跟着四方形机器人走在窄窄的过道上，它咚的一声停在一扇白色的门前。门唰的一声打开，他们来到了飞机的餐厅。高夫曼站在房间尽头的餐桌边，有两个人已经就座，背对着威廉。

伊斯亚转过身冲他微笑。古异馆的灾难过后，威廉就没有看见过她了。她看上去很好。总算有点好消息了，威廉松了口气。

"伊斯亚！你们在这儿做什么？"他笑着问道。

"你觉得呢？"伊斯亚也笑道，"我们来帮忙啊。"

坐在伊斯亚身边的人转过身，看着他。复杂的情感在威廉体内涌动。他见到伊斯亚太高兴，以至于完全忘了弗雷迪的事。

"过来坐下吧。"高夫曼说着示意威廉坐下。

威廉走向剩下的唯一一把椅子，椅子在弗雷迪旁边。他犹豫了。是弗雷迪最初骗他解开球的，威廉开始怀疑是否还能相信他。弗雷迪突然站起来伸出手。

"威廉，很高兴见到你。古异馆的事情非常抱歉……如果我知道球的作用，肯定不会靠近它的。"

"没事。"威廉勉强说出这两个字。

"那和他握手啊！"伊斯亚悄声说道，用手肘推了威廉一下。

威廉抓着弗雷迪的手，握了握。

"坐吧。"弗雷迪说着为他拉出了椅子。

高夫曼从口袋里拿出遥控器，按了一个按钮。一幅全息投影出现在桌子上面的空中，画面中是覆盖着奇怪符号的金色圆环在慢慢地旋转。威廉立刻认出了圆环，这就是他在失控过程中见到的那个金色圆环。

"根据研究所古老的密文记载以及威廉的描述，我们认为隐码传送门就是这个样子。"高夫曼拿起桌上的玻璃杯，喝了一小口水，清了清嗓咙，继续说道，"我们本以为隐码传送门数百万年以前就已经被摧毁了。但是威廉最近无意中破解了古异馆中球上的密码，传送门又被激活了。"

威廉咽了口口水。"我很……"他只说了这两个字就说不下去了。他为自己所做的一切感到抱歉，不知道说什么能够让情况变得好一些。

"传送门有什么作用呢？"伊斯亚问道。

威廉很感激她把大家的注意力吸引到了别处。

高夫曼看着旋转的全息投影，抓了抓下巴。"我们还不是很清楚，根据古文记载，它很久以前被人类用来携骇金撤离地球。”

“多久以前呢？”威廉问。

“根据古文记载，”高夫曼说，“事情发生在卡鲁冰河时期以前，也就是三亿六千万年以前。”

“但是那时候地球上还没有人类呢。”威廉道。

“根据主流科学的说法是没有，”高夫曼说，“但是你们也都见过那些存放在古异馆的东西了，而且我们现在从古文记载中知道了在卡鲁冰河时期以前，智能的类人生物就创造了这个传送门。”

“也就是说传送门比三亿六千万年还要古老？”伊斯亚说。

“是的。”高夫曼点点头。

“但是传送门和研究所发生的一切有什么关联呢？”伊斯亚问。

“根据她告诉威廉的，科妮利亚的计划应该是送亚伯拉罕穿过传送门。”

“但那不是件好事情吗？”弗雷迪问，“如果她把亚伯拉罕送走了，我们就再也不用担心了。”

“真希望有这么简单，弗雷迪，”高夫曼说，“我们相信自从亚伯拉罕的身体被骇金控制之后，他就在计划着把骇金带回地球。我们认为这是骇金自己策划好的，只是利用亚伯拉罕来执行罢了。"

"策划？如何策划？"威廉问道。

"骇金进入一个活体后，编好的信息就会侵入活体的大脑并控制他。就像数据传输一样。"

"像意念控制那样？"

"是的——只是，更像是不被察觉的意念控制，因为受害人不会意识到他们被一个程序控制了。"

"那么为什么骇金没有控制威廉呢？"伊斯亚说着看向威廉。

"骇金没有控制威廉，也许是因为他体内的骇金比例比较少，"高夫曼说，"所以你外公需要保证你的身体里只有百分之四十九是骇金。如果超过了这个比例，也许你就会是另一副样子了。而现在，骇金只是让你自己的解码天赋更加突出罢了。"

"所以，"伊斯亚继续说道，"因为威廉体内只有百分之四十九的骇金，所以他没有类似的危险了吗？"

"总是有危险的，"高夫曼看着威廉，"但似乎你对骇金有着天然的防御力，所以如果不小心有更多的骇金进入你的体内，也许能让你本身的能力更强——但那仅仅是推测，我们不能确定。"

伊斯亚双手抱在胸前，担心地看了威廉一眼，好像不太相信高夫曼的解释。众人一时陷入沉默。

"传送门通向何处呢？"威廉想把焦点从自己身上引开。

"我们还不是很确定，只能推测，"高夫曼说，"但是，根据古文记载来判断，它通往异次元。"

"所以她要把亚伯拉罕送往异次元吗？为什么？"弗雷迪问。

"根据研究所收集的信息，很久很久以前，地球上有智能生物发明了骇金。"

"人类吗？"伊斯亚插嘴道。

"是的，人类，"高夫曼抓着下巴答道，"但是骇金背叛了人类，夺走了人类的身体。我们认为骇金摧毁了地球上几乎所有的生命，然后在大冰期之前通过传送门撤离了地球。"高夫曼稍作停顿，对众人严肃地点了点头，"以我的理解，唯一能够影响骇金的就是极寒，所以它才会在大冰期之前离开地球。"

"也是亚伯拉罕被冰冻在研究所的原因。"威廉说。

"是的，"高夫曼说，"严寒能够封存他的力量。我们要保证他处于冰冻的状态——否则一旦他恢复力量，科妮利亚就会将他送过传送门。"

"但是如果他真的过去了会怎么样呢?"伊斯亚问。

"我们还不能确定,"高夫曼愁容满面,"但是我们不能冒险。我们知道亚伯拉罕想把骇金重新带回地球,甚至……"

"甚至什么?"威廉问。

高夫曼从思绪中回过神来看着威廉,"甚至——最糟糕的情况——骇金回到地球,完成感染全人类的目的。它会入侵并占领地球……简单来说,我们都死定了。"

"所以,我们需要找到科妮利亚,阻止她使用传送门。"威廉说。

"是的,"高夫曼看着威廉,"如你所知,你是唯一有能力关闭传送门的人。"

威廉点点头。他会竭尽所能阻止科妮利亚。

"只有一个问题,"高夫曼继续说道,"我们不是很清楚你接近传送门了之后会如何……之前都是传送门导致了你失控,威廉。"

"传送门?"威廉惊讶道。

"是的,"高夫曼说,"你在古异馆解开球上的密码时,本杰明获得了清晰的数据。结果显示造成你失控的声波就是传送门发出的。"

"所以,每一次我失控,都是隐码传送门导致的吗?"

威廉问。

高夫曼点点头。"传送门这么多年都处于休眠的状态，但是自从科妮利亚把球从古异馆偷走之后，她一直想激活传送门。她解开了部分密码，所以传送门开始大量释放信号。因为你体内的骇金还不到一半，它对你的影响和对本杰明实验室中的蟑螂是一样的。"

"所以我们到了喜马拉雅山脉之后要做什么呢？"威廉问。

"我们要和你的外公会合——他把你留在研究所后就去那儿了。"高夫曼说。

"是吗？"威廉差点大喊出来。过去几天发生了这么多事，他都没有时间去想外公的情况。

"是的，"高夫曼笑道，"本杰明一直在同他协作，想定位信号的来源。开始非常艰难，但是当你在古异馆解开了球上的密码，他们就定位了信号源，你的外公在群山之中找到了一个古老地下系统的入口。我们计划和他在那儿碰头，然后想办法关闭传送门。"

威廉突然感觉松了口气。现在，他终于明白为什么外公要突然离他而去——不是因为不关心他，而是外公有更加紧急的事情要处理。

高夫曼神色严峻地看着威廉。"你的外公要把我们带到传送门所在的系统中去，但是威廉，你才是唯一能关闭传送门的人，所以，科妮利亚会不惜一切手段阻止你的。"高夫曼顿了一下说，"你觉得你能处理得了吗?"

威廉点了点头。他别无选择。

第二十六章

威廉回到自己的房间，突然意识到他将要去往喜马拉雅山脉，而他最害怕的两个人——科妮利亚·斯特朗勒和亚伯拉罕·塔利——正在那里虎视眈眈。只有他能够阻止科妮利亚将亚伯拉罕送过隐码传送门，就是那个造成他反复发作、让他失去对自己身体控制的传送门。突然间，他感觉毫无希望。

宽屏上的图像渐渐从黑色变成蓝色，威廉意识到飞机应该是在下降。一阵敲门声传来。门打开，伊斯亚把头探了进来。

"你忙吗?"她问。

"不忙，"威廉说着站了起来，"进来吧。"他很高兴能见到伊斯亚。

"你的房间比我的大，"伊斯亚说着走进屋内坐在床上，前后晃了晃，好像在测试床垫，"床也比我的好。"

威廉不知道说什么好。都这样的时候了，她怎么还能若无其事地谈论房间和床铺呢?

"我喜欢这架飞机，"伊斯亚笑道，"好可惜我们马上就要下去了。"

他们坐着环顾房间，沉默了片刻。

"你还好吗？"伊斯亚看着威廉问道。

"还好。"威廉其实在撒谎。

"在研究所的时候你几乎毁了整个古异馆，"伊斯亚说，"他们没把你冻起来，真是难以置信。"

"高夫曼还没有我想的那么疯狂。"威廉说。

"那是因为他现在实在无暇顾及，"伊斯亚说，"再说……他知道他需要你的能力。"

威廉点点头。飞机一阵晃动，伊斯亚抓紧床沿。

"涡流。"威廉看着墙上的屏幕轻声道。屏幕显示着飞机的下方是绵延不绝的宏伟山脉——他们已经快到喜马拉雅山脉了。

"好美，"伊斯亚说，"你以前来过这儿吗？"

"没有，"威廉摇头，"你呢？"

"也没有，但是我一直很想来的。"

飞机又开始摇晃，伊斯亚紧紧抓着床。这感觉好像他们在一个大雪橇上滑下白雪皑皑的山坡。

"我讨厌涡流，"伊斯亚又看着电视说道，"外面天气好像还不错，为什么飞机这样一直晃动呢？"

"好天气也可能有涡流，"威廉说，"不要紧的……弗雷迪去哪儿了？”

"在他的房间里，"伊斯亚耸肩说道，"他说他头疼，但是古异馆事情发生之后他一直就很奇怪。"

"奇怪？怎么个奇怪法？"威廉问。

"说不上来。他好像有点紧张。"伊斯亚看着威廉说，"你怎么理解高夫曼告诉我们的那些事儿？"

"我还没有完全弄明白呢。"威廉说。

"好吧，"伊斯亚耸耸肩，"让我想起来有一次我在馆里看到过一卷古老的羊皮纸。上面讲到数百万年以前从地球上消失的高等文明。"她困惑地看了威廉一眼，"你说这会是高夫曼所说的高等文明吗？"

威廉耸了耸肩。"也许吧。如果在我们之前地球上曾有高等文明存在，而且他们发明了骇金这样智能的东西，骇金有可能背叛了他们，占据了他们的身体。"威廉没有继续说下去，这想法让人不寒而栗。

"就和我们人类现在一样，"伊斯亚说，"瞧瞧机器人和我们的这些高科技。"

飞机遇上涡流，又是一阵颠簸。

"他们发现了导致你失控的原因，你有没有感觉轻松一些？"

"有点吧。"威廉不安地说道。

"只是有点吗?"

"嗯……我们正在靠近它的源头啊。"威廉说着看向自己的双手。

伊斯亚神色严峻起来。她正准备说点什么,飞机又开始摇晃。这次摇晃得越来越厉害。过道上的警铃响起来了。

"发生了什么事?"伊斯亚说着艰难地想站起身来。

威廉摇摇晃晃地走到打开着的门边,看到贝塔正好经过。

"只是温和的涡流,"贝塔用平平的语调说道,"不用担心。"

"这可不只是涡流。"威廉说。

"飞机的电力系统出了点小问题。"贝塔说。

"什么样的问题?"威廉追问。

突然间,他们全部砸向天花板。威廉在伊斯亚身边,身体紧贴着天花板,徒劳地想用手抓住平整的天花板。

"不用担心,"贝塔重复道,"只是小小的自由下落。很快就会过去的。"

"看!"伊斯亚大喊着用尽全身力量指着他们下方走廊墙上的什么东西,"那是什么?"

一个蜘蛛状的影子从墙上的一个小盒子里跳出来。打开的盒子内部有个标志,上面写着:保险丝盒。盒子里面砰的一声响，接着好似烟花爆炸一般火花四溅。蜘蛛影子落在地上，沿着走廊向他们跑来，当它从他们下方经过时，威廉认出来了。它是科妮利亚·斯特朗勒的机械手。不知为何它竟能够自己随意走动。

"科妮利亚在飞机上！"威廉大喊，看着机械手加快移动的速度，很快就在角落消失了。飞机再一次摇晃，他们从天花板摔到了地上。

"我们得找到其他人！"威廉摇摇晃晃地站起身，一把拉起伊斯亚，"这边！"他大吼着，拉着伊斯亚沿着走廊疾走，这时飞机上的灯全都灭了。

"我什么都看不见了！"伊斯亚在引擎尖锐的噪声中喊道。

"紧急发电设备启动。"贝塔在他们的身后说道，天花板上一个红色的灯亮了起来。

"贝塔！其他人在哪里？"伊斯亚大喊。

"稍等……"贝塔说，"其他人正在赶往逃生球的路上——你们也应该去那里。飞机现在是自动驾驶模式，我们即将进行不受控紧急着陆。"

"不受控？！"威廉惊恐地看着贝塔，"就这样你还告诉我不用担心！"

"你们想来一点轻柔的音乐舒缓神经吗？"贝塔问。

"在我们即将坠机的时候?"威廉怒吼。

贝塔身上一个小小的扬声器中流淌出一首钢琴曲。伊斯亚看着威廉,眼中满是恐惧。他们跌跌撞撞地往前走,来到一扇门前,门上一张标识上硕大的绿色字写着:通往逃生球。伊斯亚推了推门把手,门是锁着的。飞机晃动得太厉害,他们几乎无法站直身体。

"贝塔,你能打开门吗?!"威廉在震耳欲聋的噪声和古典乐中喊道。

"稍等……"

飞机的整个机身开始前倾,墙壁抖动得太厉害,威廉害怕它随时都会被撕裂。引擎的轰鸣声越发刺耳,而伊斯亚绝望地抓着门把手。

"贝塔?!"威廉又喊道。

突然,轻轻的咔嗒一声响,门打开了,他们全都跌跌撞撞地穿过门,走下楼梯。

"三分钟后飞机不受控紧急着陆。"贝塔说。

"这边。"伊斯亚指着货仓入口大喊,强劲的风撕扯着他们的衣服。

"两分三十秒后飞机不受控紧急着陆。"贝塔报告。

威廉和伊斯亚跌跌撞撞地朝货仓走去,看到高夫曼、弗雷迪和一个司机机器人站在两个逃生球边上。他们正艰难地穿着保暖服，看到威廉和伊斯亚，高夫曼明显松了一口气。

"你们赶上了！"他喊道，"快点穿上你们的保暖服！飞机撞地之前我们要进入逃生球！"高夫曼拿下两套保暖服，扔给威廉和伊斯亚。飞机又开始摇晃，逃生球也随之摇晃。

"两分钟后飞机不受控紧急着陆。"贝塔说着跳进货舱，舱内顿时回荡着柔和的钢琴曲。威廉挣扎着穿上保暖服，就跟穿潜水服一样艰难。另一个司机机器人走进舱内，打开一个逃生球的盖子。高夫曼、弗雷迪和两个司机机器人都跳了进去。虽然威廉还没有完全穿好保暖服，但他也朝着逃生球跳去。

"快！"威廉大喊着，朝伊斯亚招手。伊斯亚也还在艰难地穿着保暖服。

"三十秒后飞机不受控紧急着陆。"贝塔说。

"快进来！"高夫曼吼叫着，把头伸出逃生球外，疯狂地朝他们挥着手。

飞机猛烈晃动，威廉和伊斯亚摔倒在地。威廉再抬起头时，看到高夫曼和其他人乘坐的逃生球已经解开固定装置，穿过打开的飞机舱门。

"不……等等！"他喊道。

"小心！"伊斯亚尖叫。

雪上汽车朝敞开的门口滑过来，和外面的逃生球撞在一起，威廉忙朝一侧扑倒。他站起身来，看到高夫曼从逃生球中向他回望，一脸惊恐，眨眼间，逃生球就跌入了漫天飞雪的喧嚣中。

"十秒钟后不受控紧急着陆。"贝塔说。

"我们得进入另一个逃生球！"威廉指着另一个逃生球喊道。

他们俩立刻冲向逃生球，跳了进去。威廉马上关上身后的门，坐进座位里，立刻有安全带弹出来，将他固定住。逃生球沿墙有十个座位，中间有一根红色的控制杆。伊斯亚在威廉身边的座位上坐好，他朝伊斯亚点了点头，拉下了控制杆。逃生球开始朝门口滚去。他们马上就要进入暴风雪中，这时，威廉朝身后最后看了一眼。他看到一个身影站在空荡荡的房间里，胃里一阵抽搐。

那是科妮利亚。机械手在地上小跑，向她跳去，她朝威廉咧嘴笑着，一把抓住机械手，装好，缓缓举起机械手，朝他挥了挥。

"安心去死吧。"她的声音似乎来自威廉自己的脑袋，一瞬间，她又不见了。

第二十七章

"住手!"威廉在心里喊道。他抬手抹了一把脸,想把刺痛他的东西抹去。他慢慢恢复知觉,感到一股冰冷的寒意穿透了身体。他努力想睁开眼睛,但是双眼仿佛已经冻住了。当他终于逼着自己睁开双眼时,看到自己正躺在无边无际的白雪之中。咆哮的风抽打着他的脸,他的手指毫无知觉。

得赶紧从严寒中脱身,不然就来不及了——必须开始活动才能变暖。威廉把双手举到脸前吹气,想温暖自己冻僵的脸颊。但是他太冷了,嘴里吹出来的气都像冰一样凉。他挣扎着爬起来,双膝跪地,在四周寻找其他人的踪迹,但是雪下得太大,几乎什么都看不到。他们肯定是落在了喜马拉雅山脉深处的什么地方了。

很快,威廉感觉到暖意在身上蔓延开,他意识到保暖服开始加热了。衣服上的一个小红灯闪烁起来,接着他看到袖口处有手套伸出来,裹住了他的手。一眨眼,一个兜帽从衣领处升起,盖住了他的脑袋,现在只有脸是露在外面的。他的呼吸慢慢平复,感到身体又有了力量。身体暖起来了，他的思路也开始清晰起来——得找到其他人。

"伊斯亚?！"威廉喊道，但是他的声音被身边呼啸的狂风淹没了。他开始在齐腰深的暴雪中行走，用胳膊挖出向前的路。他停下脚步，绝望地看着四周，这时他注意到远处有东西半埋在雪里。威廉的目光努力穿过狂风。是逃生球。他奋力来到半埋在雪中的玻璃球前，朝球内看去。里面是空的。

"伊斯亚!"威廉又呼喊着，在视野中搜寻伊斯亚的踪迹。如果伊斯亚已经走开，那么雪肯定已经掩埋了她的踪迹。威廉又看了一眼逃生球。他是不是应该躲在球里，等待救援呢？但是要是伊斯亚正困在暴风雪里，或者昏倒在雪里冻死了该怎么办呢？

突然，威廉看到一束红色的光在远处的白雪中闪烁。很难判断具体有多远，但是那束光以三长三短的频率闪烁着。威廉知道这是SOS——国际求救信号。他低头看到自己胸前的光正以同样的频率在闪烁。有一个人穿着同样的保暖服在暴风雪里，肯定是他们飞机上的某个人。

光消失了。威廉盯着刚才的光射过来的方向，希望光再次出现。他又开始往前，挣扎着在雪中行走，咬紧牙关不断向前。每走一步，他的腿都会在雪里陷得更深，但是他必须朝着刚才灯亮的方向前进。他在眼前的皑皑白雪中看到了一个东西——一个黑点。他走近时看到了山的轮廓，他意识到那是一个洞口的形状。很快，他就来到了白雪掩埋的入口，朝黑暗中望去。

"有人吗？"

只听到他自己的回声和身后呼啸的风声。他又走近一些，渐渐很难看清了，但是一束光从他的衣服上射出。似乎保暖服还有一个内置的自动火炬功能，细细的光束让威廉只能看到自己正前方的东西。

"有人吗？"威廉一边走，一边喊道。

外面暴风雪的咆哮声越来越小，有水从岩洞的顶部滴下，砸在地面上，地面又湿又滑。他能感觉到每走一步鞋底都在变化，把他的脚吸在地面上。在前方的黑暗里，有红色的灯光闪烁，威廉停下脚步。

"有人吗？"威廉又喊道。

没有人回应。他用闪光灯照向红色灯光，但是太远了，照不到。他走近些，能够辨认出一个人的身形，垂悬在离地几米的空中。他立刻意识到这个人是谁。她的双眼紧闭，头垂在胸前。

"伊斯亚！"威廉大喊着向她跑去。

威廉面前的空气突然发出爆裂声，他被弹了回来。像是撞上了一堵看不见墙，他背朝地重重地摔在了石板地面上。

"伊斯亚！"威廉咳嗽着想要坐起身来。

"她听不到你说话的。"一个粗哑的声音在他的脑海里说到。威廉环顾四周，看到一个黑影在洞穴的深处。

"你对她做了什么？"

"我救了她，"科妮利亚说着走进光线中，"你应该谢谢我。"

"谢谢你？飞机坠地时我在脑海里听到你的声音了——你想杀了我。"

"但是无论如何，你现在好好地在这儿，"科妮利亚说，"要除掉你还真是不容易啊。"她一步向前，在嘲笑中露出一嘴黄牙，"你不该来这儿。现在你恐怕要付出代价了。"

科妮利亚的身上有着某种野兽的属性——似乎她更像一匹狼而不是一个人，她的眼睛几乎要发出光来。威廉四下搜寻一块石头或者什么东西可以用作武器防身。他的身体紧绷，准备战斗，他不会让科妮利亚伤害伊斯亚的。

科妮利亚朝伊斯亚走去。威廉大吼："别碰她！"

他朝她们跑去，又一次撞在看不见的墙上，弹回来摔倒在地，但是他很快又站了起来。科妮利亚举起机械手，按下一个按钮，射出一束光线击中了威廉的胸膛。威廉的身体完全僵硬了，他站在那里无法动弹，就好像有一股看不见的力量在抓着他。还有什么事情是科妮利亚的机械手做不到的吗？科妮利亚向前一步走向威廉，俯身靠近，近得两个人的鼻子都快碰到了一起。她的呼吸中有煳橡胶的臭味，熏得威廉眼睛疼。

"你为什么要这么做？"威廉问，"你不知道亚伯拉罕会干出什么事情来吗？"

"我当然知道，"科妮利亚冷笑道，"我要完成祖母未竟的事业。"

"祖母？"威廉重复道，"我听说你是他的女儿——说你死了，然后不知如何又复生了。"

科妮利亚一阵狂笑。"他们以为我死而复生？这群蠢货！"她止住了笑，发光的眼睛盯着威廉，"我是第三代人了。我的祖母是他的女儿——当她去世，我的母亲继续她的事业，然后是我。"

"你们有三个人？"威廉惊讶地说道。

"我是科妮利亚·斯特朗勒三世，"她骄傲地说，"生来侍奉亚伯拉罕。"当她说起亚伯拉罕的名字时，她的眼睛疯狂地闪烁着。接着她把脸又凑近了威廉一些，她令人作呕的呼吸几乎令他窒息。

"我要完成我的祖母和母亲未竟的事业，"她自豪地笑道，"我要把他送过传送门。"

"你想过这样做会有什么后果吗？"威廉问。

"当然，"科妮利亚咬着牙说，"地球属于曾经离开的人……现在他们归来的时机成熟了……亚伯拉罕·塔利就是要去把他们带回来。"

"你疯了。"威廉说。他想挣脱抓着他的那股看不见的力量，但是他被困得死死的。他遏制住自己想扭头的冲动——不想在科妮利亚面前表现出害怕的样子，让她得意。

科妮利亚举起机械手，对准他的脸。"我可以立刻要了你们两个人的命，"她干涸的嘴唇扭曲着，"但是你体内有很大的力量，对亚伯拉罕还是有用的……而且，既然你已经和那些研究所的蠢货一起来到了这里，迟早能派上用场。"

威廉不解。她到底在说些什么？

"接下来你要做这些事情，"科妮利亚说着把冰冷的机械拳头压在他的脸上，"别对那些蠢货说起任何关于我们会面的事情……但是，当你到达传送门后，你要帮助我。直到那时，你才能再见到你的小女朋友。"

"帮助你？怎么帮？"威廉问道。

"什么都不做。"科妮利亚咧着嘴，"他们觉得你会关闭传送门，你要装作很努力的样子……但是，其实你什么都没做。如果你告诉他们任何事，或者提到在这里见过我——"她指着伊斯亚，"她就永远离你而去了。如果他们问起她在哪里，你就说你们在坠机中分开了。"

威廉感到机械手正射出某种能量——像冰冷的雾气爬进了他的脑袋。他试图反抗，但是无法清晰思考。这是什么意念控制吗？

"好的。"威廉悄声道。他感到自己的心沉了下去。科妮利亚战胜了他。这是一个完美的计划，他知道自己别无选择，只能遵从。科妮利亚收回自己的拳头，站起身来。她充满穿透力的眼神还在威廉的身上。

"另外还有一件事。"她说。

威廉看着她，害怕她又有什么要求。

"亚伯拉罕穿过传送门的时候——"她停顿了一下，"你要跟他一起过去。你们两个是同类——你应该和他一起。"

科妮利亚突然将机械手对准威廉，按下按钮。击中他的光线力量太强，他整个人都飞了出去。

第二十八章

威廉睁开双眼。他肯定是重重地砸在了雪里，因为他意识到自己感觉不到胳膊的存在了。他拼命想移动胳膊，这样才能挖出一条路来，但是没有用。他被困住了，脸朝下，在厚厚的雪里，他开始觉得自己无法呼吸了。

"是威廉！"他听到有声音喊道。

威廉感到有人抓着他的脚慢慢地把他从雪里面拉出来。一个司机机器人扶着他站起来，催他往车的方向走。他认出那是飞机货舱中的雪车。他爬上车，坐下，双腿颤抖不已。高夫曼跳上他前面的车座，关上车门。

"我们到处找你。我们以为你已经——"他没有继续说下去，"伊斯亚呢？"

威廉想和盘托出——关于科妮利亚和她的计划，但是他没法冒任何可能伤害伊斯亚的风险。

"她没和你在一起？"高夫曼好像很惊讶。

"没有。"威廉摇了摇头。

"但是飞机坠落的时候，你肯定是和她在一起的。"高夫曼说，"你没有看到她怎么了吗？"

"我撞到了头,"威廉说,"我醒过来的时候,她已经不见了。飞机也是。"

"飞机上有伪装启动装置,紧急状况下会激活,飞机就可以隐形。"高夫曼看着外面的暴雪抽打着挡风玻璃,"我们得找到她。"他指着一个司机机器人说,"去找她。"

司机机器人点点头,转身消失在白茫茫的风暴之中。弗雷迪眯着眼看着威廉。

"如果她还在外面的话,司机机器人会找到她的,"高夫曼说,"同时她的保暖服也能够保护她。现在最重要的事情就是赶到传送门前。"高夫曼看着自己的低温监测计。他对驾驶座上的司机机器人点了点头,雪车再次启动。

不久,雪车停了下来。

"到了。"高夫曼看着面前 GPS 屏幕上的坐标说道。

威廉看向窗外,但是只能看到白茫茫的一片。

"外面什么都没有。"弗雷迪说。

"向上看。"高夫曼指着玻璃顶说道。

在很高的地方有一座寺庙,被白茫茫的暴风雪所围绕。渐渐地,威廉能够辨认出建筑物周围的高山轮廓,再往高处看,能够看到一座山峰顶部参差不齐的边缘。寺庙建在一座岩壁的中间。

"根据坐标，"高夫曼说，"入口就在那个修道院的下面。"

"为什么他们要在山腰中间建一座修道院呢?"弗雷迪问。

"过去这样做很平常，"高夫曼说，"这样的高度便于御敌。"

"我们需要爬上去吗?"弗雷迪问。

"不需要。"高夫曼说着向驾驶座的司机机器人挥了挥手。

机器人按下了一个按钮，雪车随即缓缓升空。威廉看向窗外，看到从车的两侧伸出长长的金属腿。这让他想起自己为完成学校作业制作的机械螃蟹。

"这是仿生科技——我们研究所里很多的研究都是和这个领域相关的。雪车的外骨架受到甲壳虫的启发，而延伸的腿部设计则是受到螃蟹腿的影响，"高夫曼说，"系好安全带——接下来就要开始颠簸了。"

当前腿抓住岩壁开始攀爬时，整个车身都往后倾倒。机械腿载着大家越爬越高，车身不断摇晃。威廉看到冰冻的地面已经在很远的下方了。他一向有些恐高，但是现在有比坠落更让他担心的事情。他看着弗雷迪在他前面紧紧地抓着座位，睁大的眼睛中满是恐惧。雪车的一只脚没有抓住岩壁，颠簸了一下，他们全都倒向一侧。弗雷迪尖叫着跌出座位摔在玻璃墙上。

"安全带！"高夫曼喊道。

"我忘了。"弗雷迪喊着，爬进最近的座位。

雪车又抓稳了岩壁，继续沿着陡峭的山腰向上攀爬。这样心惊肉跳几分钟之后，他们到了修道院外的平台上，雪车停了下来。

"所有人下车，"高夫曼说着打开车门，"我们的时间不多了。"

威廉跟着大家踏上了平台。这里好像不受狂风和暴雪的影响，他能够看清修道院的每一个细节。它像是一座中国藏式寺庙，只是比威廉从前在照片上看到的类似寺庙要古老得多。屋顶的瓦片是墨绿色的，石墙上有什么东西像金子一样闪闪发光。

"托比亚斯在哪儿？"高夫曼看着手表说道，"他说会在这里和我们会合的。"

"你们来了！"一个熟悉的声音说道。

威廉转身看到一个衣衫褴褛的身影正走下修道院的台阶。他的头发和胡须蓬乱不堪，衣服满是泥泞，一把钝化枪挂在他的肩上，摇摇晃晃的。

"外公！"威廉喊道，艰难地在雪地里跑向外公。托比亚斯·温顿张开双臂迎接他。威廉紧紧地抱着外公，努力忍住自己的泪水和喉头的哽咽。他非常想告诉外公关于科妮利亚的所有事情，还有她把威廉送过传送门的计划，但是他知道自己不能拿伊斯亚的生命冒险。

外公拍了拍他的背，拉着他走向修道院。"来……我们边走边说。"

一行人走上楼梯，穿过一道道镀金的大门。空荡荡的大殿中间有一个火堆，这就是修道院里唯一的光源。显然，这座修道院已经废弃很久了。威廉的眼睛慢慢适应了黑暗，他看到几个身影缩在火堆前。一共是三个人，每个人肩上都披着大块的皮草。

"他们是夏尔巴人，"外公说着在威廉身边停下脚步，"他们一直在帮我搜寻入口，但是他们不肯进去。这和一个古老的神话有关。"

"什么神话？"威廉的目光没有从夏尔巴人身上移开。

"进入神圣洞穴之人都将有去无回。"外公的脸上勉强露出笑容。

"这个地方是发明骇金的人建造的吗？"威廉问。

"这座修道院有几百万年的历史了，"外公说，"但是传送门要更加古老，所以我认为这座修道院是很久之后人们再建造的。他们一定是发现了传送门，以为这是通往冥界的大门，所以在它周围建造了这一切。"

威廉点了点头。

"来吧。"外公说着往更深处走去。

一群人来到一扇半掩的圆形铜门前。这扇门好似被分成了很多块小小的可以移动的部分。威廉的手指飞快地移动着表面奇怪的符号。

"这扇门有密码保护，"外公说，"花了我一点时间，但是最终被我破解了。"他推开门，里面的另一侧是一个小房间。

"是一个电梯吗？"威廉问。

"是的，"外公答道，"是不是很神奇？那些古人已经把科技运用得非常娴熟了。"

他们走进电梯，电梯门在身后关上。威廉抬头看着玻璃穹顶，穹顶从里面看闪着绿光。

"对发明这些东西的文明我们略有所知，研究所里一些古老的文本有所记载。"外公指着灯说，"他们把这个叫作奥珀尔气体。它来自地球很深的地方，好像可以充上某种电力。这种气体为下面这些地方提供照明——可能已经持续了几百万年了。"

威廉瞄了一眼弗雷迪，他紧张得坐立难安。伊斯亚说得没错——弗雷迪表现得很奇怪。

"你怎么样？"外公转身对威廉说，"他们想办法解决你失控的问题了吗？"

"还没有。"威廉答道。

"哦？"外公看着高夫曼。他犹豫要不要继续问下去。"你确定是科妮利亚吗？"

"是的。"高夫曼严肃地点头道。

"那怎么可能呢？"

高夫曼耸耸肩。"我们也不知道。"

威廉想告诉他们这个科妮利亚已经是第三代了——科妮利亚三世，她并非死而复生，她一直都是活着的。但是他知道如果他说了这件事，他就必须告诉他们岩洞里发生的一切，而这样他就会置伊斯亚于险境。电梯继续运行，众人一时陷入沉默之中。

"伊斯亚呢？"外公问。

"她在暴风雪中不见了，"高夫曼说，"一个司机机器人正在外面找她。"

"她穿着保暖服吗？"

"穿着呢。"高夫曼说。

"那就好，那她不会有事的。"外公又转身对威廉说："我找到了隐码传送门的入口，但是我没能解开。"

"我可以试试。"威廉说。

外公挤出一个笑容，看着高夫曼。电梯停下，门滚向一边。"离亚伯拉罕解冻我们还有多少时间？"

高夫曼看着低温监测计。"三十六分钟。"

"那我们得分秒必争了。"外公说道。

第二十九章

一行人在大山深处的地下厅中穿行。墙上细细的通道纵横交错，威廉在想过去有人住在这里的时候，这里会是什么样子。

"你在这下面多久了？"威廉走到外公身边时问道。

"收到本杰明发的坐标我就立马过来了，"外公一边说一边摆弄着挂在脖子上的记忆棒，"我们知道隐码传送门已经有一阵子了，"外公继续说道，"但是我们之前以为它已经被摧毁了。"

"还有其他像这样的地下城吗？"威廉看着四周问。

"有啊，"外公的语气仿佛这是毋庸置疑的，"全世界到处都是，但是传送门只有这一个。"

他们来到一扇小石门前，门上刻着奇怪的符号。威廉想起外公说起的神话：所进之人皆有去无回。他感到腹中一阵轻微的颤抖。

"为什么我还没有任何的失控感呢？"威廉看着外公问道。

"既然传送门已经激活了，它就不会再产生声波，直到科妮利亚把亚伯拉罕送过传送门。"

"那时会怎么样？"威廉问。

"到时候你会遭受毁灭性的痛苦，"外公说，"所以我们要阻止她那样做。"托比亚斯看向高夫曼："还有多久？"

高夫曼看向手表："二十三分钟。"

"我们得进去，"外公面对着石门说，"我们得让威廉下去停下传送门。"

"但是怎么做呢？"威廉迷茫地说道，"我要怎么做才能让它停下来呢？"要为整个地球的命运负责，他不喜欢这种感觉。

"据我所知，"外公说，"唯一能够控制隐码传送门的东西就是科妮利亚手中的球。不管用什么方法，你都得从她手里拿到球。现在，来帮我解开这扇门。我们两个人一起会更快一些。"

托比亚斯开始移动门上的各个部分，威廉跟随着外公的动作，这时他感觉到了胃里熟悉的刺痛。外公真的是个一流的解码大师。

"趴下！"高夫曼突然大吼。

威廉本能地趴倒在地。一束光正好击中他头顶的墙，墙立刻化为灰烬。威廉回头看到科妮利亚正朝他们走来。司机机器人扣动钝化枪，但是光线只击中了她面前无形的盾牌。科妮利亚连眉头都没有皱一下。

"她那该死的手。"外公一边说，一边继续门上的解码工作，但是又有一束光击中了墙，他消失在一团尘土之中。威廉听到他痛苦的呻吟声。

"外公？"威廉大喊。

"在这儿，威廉！"

威廉朝门爬去，看到外公背靠着墙坐着，手捂着腿。

"你得解开门上的密码。"外公的脸痛苦得拧成一团。

威廉站起身来。他能听到激光和钝化枪声飞快地来来回回，听到高夫曼和其他人的呼喊，就像一场大战在他身后进行，而科妮利亚是这场战争的中心。要想解开门上的密码，保证外公的安全，他必须集中精神。威廉把手按在门上，胃里开始颤动。他已经能够感觉到，尽管这是个复杂的密码，但是他有能力解开……只是他不知道是否还来得及。

"快点。"他听到外公的呻吟。

威廉看着符号都亮起来，便开始在门上移动它们。随着符号一个接着一个回到正确的位置上，门从很深的地方咔嗒作响，随着最后一块回归正位，门滑开了。

"打开了！"威廉激动地大喊。

威廉抓着外公的胳膊，扶着他穿过小门，就在这时，岩洞顶上落石滚滚而下，他们一起摔进了狭窄的阶梯。

第三十章

威廉最先注意到的是声音。低沉的隆隆声和尖锐的音调混合在一起，很奇怪，就像一首不和谐的乐曲。他看向一边，外公在他身旁，躺在地上，身上满是灰色的尘土。

"外公？"威廉说着爬到他身边。

"我没事，"外公睁开眼睛，勉强露出笑容，"我经历过更糟的情况。你能扶我一下吗？"

威廉扶着外公站起身，他们看着眼前的阶梯，阶梯已经被巨石堆堵得严严实实。

"其他人还在另一边没有下来。"威廉说。

"我们等不了他们了，"外公说，"我只希望他们能够拖住科妮利亚，直到我们找到传送门。"

外公一瘸一拐地往前走，示意威廉跟上。眼睛适应之后，威廉发现他们周围的一切都是纯白色的——白到几乎无法分辨墙面和屋顶的边界。他们走过，地上没有一丝声音。威廉故意跺脚，但是好像地面把他脚上所有的声音都吸走了。

"这里就像是，是未来的空间站一样，怎么可能已有数百万年的历史了呢？"威廉结结巴巴道。

外公没有回答。他们转过一个角落停下。

"传送门肯定在那后面，"外公指着房间尽头一扇巨大的白门说道，"我尝试过，最多只能到这里了。"

威廉看着那扇门。它就像所有的墙壁一样洁白，但是又闪着蓝色的光。"门上没有任何符号，"威廉说，"或者把手……任何可以打开的方法。"

"你得用那个。"外公说着指向门旁边的什么东西。

威廉目瞪口呆——那是一个巨型机器人，因为颜色太白而几乎完全融入了墙面中。它和伊斯亚在研究所古异馆带他看的机器人差不多，只是这个更大。

"这是副外骨架，"外公说，"和你爸爸所用的那副外骨架工作原理一样。我们在世界各地发现了几副这样的东西，然后复制并进一步发展了外骨架科技，但是这仍是非常先进的东西。"

"古异馆有一个和这个很像。"威廉说。

"的确很像。"

威廉走向外骨架。他举起手，放在那巨大的白色钢脚上。摸起来冰冷无比。一架梯子从地面沿着它的腿部向上一直通往机器人胸膛中间一个圆形凹槽的下方，威廉可以看见那个洞里有个座位。

"你想让我爬上去吗?"威廉指着机器人说道。

外公点了点头。"我自己爬上去尝试过,但是没有成功。"

威廉又看着外骨架。他把脚踩在梯子最底层的横杠上,开始往上爬。房间里奇怪的声音和不断增加的高度令他感到头晕目眩,但是他仍然继续向上,注意力集中在脚下的每一步——已经不远了。

等威廉终于坐在白色的座位上,他的前额已经汗如雨下。座位也是钢制的,但是坐上去非常舒服,仿佛是为他定制的一般。

"现在呢?"威廉朝下面大喊,外公远远地站在下面,仰头看着他。

"把你的手放到板子上。两侧各有一个。"外公喊道。

威廉看到椅子的两侧扶手上各有一面白色的玻璃平面。他把一只手放在一块板子上,另一只手放在另一块板子上。他的手沉了下去,玻璃变形了,包裹了他的手指。

"试着移动手臂。"威廉听到外公喊道。

威廉移动右手,巨型机器人也移动了右手。他试了试左手,机器人也是同样的动作。

"把你的脚放到地上的板子上。"外公继续指导他。

威廉看到他面前的地上有两块玻璃板。他把脚放到上面,脚立刻沉了进去。

"现在你让它走起来。"

威廉动了一下脚，巨型机器人也是同样的动作。

"朝我走几步。"外公朝威廉挥动着双手。

威廉一只脚往前移动。巨型机器人跟跄了一下开始往前走。威廉走了几步，停了下来。

"很好。你已经掌握了，"外公喊道，"现在走到门那儿去。"

威廉带着外骨架转身，向白门走去。白门依然闪烁着微弱的蓝光。他举起机器人的手，张开五指，将手掌按在门上。机器人手周围的平面突然蓝得耀眼，房间里的高频音调也变了。

"你得根据音调来打开门，"外公说，"我已经试了两天了，但还是没能解开。"

威廉看着面前巨型机器人的手。他把手移动到白门上的另一个地方，房间里高频音调又变化了。这就像是在弹钢琴，他想。

"我想应该是弹一首曲子来开门。"威廉高声喊道。

"那快弹吧，我们的时间不多了。"外公回应。

威廉闭上眼睛，集中精神。他感到颤动从脊椎的底部向上传递直至胳膊和手指。当他再次睁开眼睛时，他看到面前的白门上彩虹的七色光芒在跳舞。他知道骇金在帮他破解密码，于是模仿颜色移动的路径，用机器人的手按下去。一开始，声音并不连贯，但是很快就形成了一首乐曲。

他弹奏着音符，手越来越快，乐曲声也越来越响。接着所有的光都消失了，音乐也渐渐停息。一阵深沉的轰鸣后，白色的大门向下沉入地面。威廉带着外骨架向后退了几步，看到门洞里有一条漆黑的走道通往另外一边。

第三十一章

"我们得进去。"外公大喊着，一瘸一拐地走向门洞。

"其他人怎么办？"威廉问。

"我们没时间了。"外公说着继续往前。

威廉沿着外骨架的腿爬下梯子，跳下最后一截横档，追上外公。外公的腿已经跛得非常厉害了，他打开钝化枪顶部的一个小灯，照亮了四周。

"你的腿怎么样了？"威廉低声问道。

"还好。"外公咬紧牙关说道。他前后摇晃着光束，照亮前方的黑暗。

"你知道传送门在哪儿吗？"威廉问。

"不知道……不过既然我们已经穿过了大门，"外公说，"应该不难找到了。"

突然间，威廉听到了什么……一阵令人头晕的深沉的隆隆声震得大地都在颤抖。

"那是什么声音？"威廉问。

"是传送门，"外公说着把灯照向前方的黑暗处，"等等……前面有东西。"他耳语道。

两个石头机器人一动不动地站在走廊的尽头，就像是满是尘土的雕像。它们看上去就像威廉刚刚用过的外骨架，只是小一些，颜色是花岗岩灰。

"这是什么？"威廉低声问道。

"守卫，"托比亚斯一直注视着机器人，"如果发生什么事，我会想办法引开它们，你就趁机去传送门。"

他们慢慢靠近，外公的钝化枪一直对准着机器人。

"也许它们没有被激活呢？"威廉说。

"希望如此吧，"外公的声音在颤抖，"如果它们到现在从来没有动过，那我怀疑——"

就在此时，两个机器人站起来朝他们走来，一时间空气中尘土飞扬。外公扣动钝化枪，激光射中一个机器人，它向后趔趄了一下，马上就恢复了平衡。

"快跑！"外公大吼，一把将钝化枪塞进威廉的手中，"我只会拖慢你。"

"但是——"

"快跑！你要找到传送门，阻止科妮利亚！"

外公一瘸一拐地沿着来的路往回跑，两个机器人追着他，铿锵作响。威廉转身使出浑身力气狂奔——他的两侧都是纵横交错的过道，好似无穷无尽。但是，不一会儿，他的浑身每一块肌肉都开始颤抖。他停下来，想要平复呼吸。

那个声音愈发响了——低沉的声音从地面和墙面中隆隆而出，他的视线开始模糊。威廉背着沉重的钝化枪，寻找声音的来源。他拐了个弯，停下来。他所在的是一个巨大的大厅，周围的石墙似乎一眼望不到尽头，头顶上是高高的穹顶。他立刻认出了在大厅中央盘旋的巨大金色圆环，但是无法描述它具体有多大，它的光芒如此耀眼，几乎要刺痛威廉的眼睛。

他的肚子里开始温和地颤动——好像骇金开始在他的体内移动。威廉又一次仰头看向盘旋的金环。他感到金环仿佛在召唤着他……让他靠得更近些。

威廉低头注意到地上有一个长方形的白色柜子。那是装着亚伯拉罕·塔利的冷冻箱。

第三十二章

冷冻箱一侧的屏幕上有一串红色的数字在闪烁。屏幕上显示着 00:10:08，但是数字在飞快地变化——还有十分钟亚伯拉罕就要自由了。

威廉的心在胸腔里怦怦作响，恐惧蔓延至全身，令他无法动弹。他抬头看着盘旋的金环，想起那些被骇金控制的生物，千百万年以前就是通过它离开了地球。所以他才会被传送门所吸引吗？他体内的骇金也会引诱他离开地球吗？这个想法有种奇怪的魔力，突然间，威廉怀疑自己是不是应该放弃抵抗，让自己一起被送走。

"你感觉到了，是吗？"科妮利亚在他的身后说道。

威廉猛地转身，但是身后没有人。

"你的宝贝外公在困境中把你抛弃了吗？"科妮利亚问，"而且这不是第一次了，不是吗？他之前也抛弃过你，不是吗？"

威廉举起钝化枪，努力不去理会她的话。

"无论他们想让你相信什么，威廉，你都和他们不是同类。你是机器，不是人类。"

"我不是机器!"威廉大吼。

"别再欺骗你自己了,威廉。你是异类。你和其他人不同。"

"不是!"

"记住,如果还想见到你的小女朋友的话,"科妮利亚说,"照我说的做。"

"她在哪儿?"

威廉转身看到科妮利亚站在几米开外的地方,用她疯狂的眼睛注视着他,一只手里拎着皮包。

"让我见她!"威廉用钝化枪对准科妮利亚,大喊道。

科妮利亚看向亚伯拉罕的冷冻箱。"还有八分钟。"她咧嘴笑道,"我们还能找点乐子。"

科妮利亚按了机械手上的几个按钮,将机械手指着房间中间。一束光射出,一个人影慢慢成形。很快,伊斯亚悬浮在他们不远处的上方。她的眼睛紧闭,头歪在一侧。

"伊斯亚!"威廉大喊。

"喊是没有用的。她听不见你的声音。"

"证明她还活着。"威廉用钝化枪指着亚伯拉罕的冷冻箱喊道。科妮利亚的眼中闪过一丝惊讶。

"好,"她说道,"我再和你们玩上几分钟。"

科妮利亚将机械手对准伊斯亚,射出一束光,她的身体恢复了生命。

"伊斯亚!"威廉大喊。

伊斯亚惊恐地看着房间。他想向她跑去,但是科妮利亚似乎知道他在想什么。

"站那儿别动,"科妮利亚尖叫,"时间马上就要到了。"她看着亚伯拉罕冷冻箱上的显示屏,"现在,做点有用的事情,你漂亮的小女朋友可以看着。"

"发生了什么?"伊斯亚问道,她的声音在颤抖。

"打开冷冻箱的盖子!"科妮利亚用机械手指着伊斯亚命令道。

"别听她的!"伊斯亚说,"你知道如果他过去了会发生什么。"

嗖的一声,科妮利亚射出一道蓝色光线,击中伊斯亚,伊斯亚立刻摔倒在地。

"不!"威廉吼道。

伊斯亚呻吟着抓着自己的头。

"再有一次她就没命了,"科妮利亚说,"打开盖子!"

威廉别无选择。他走到冷冻箱前,想到自己必须做的事情,全身汗毛根根竖起。

"转动把手。"科妮利亚命令道。

威廉举起手,握着盖子顶部的铬金把手。他回望了一眼伊斯亚，慢慢地将把手转向一边。一阵响亮的嘶嘶声响起，仿佛整个冷冻柜都在吸气。威廉退后几步，但是目光没有从柜子上移开。盖子翻开，冷雾从箱子里倾泻而出。一道蓝光开始闪动，透过冷雾，威廉能够辨认出箱子里有一个人形，一动不动。那是亚伯拉罕。

泪水滚落伊斯亚的脸颊，威廉知道她永远不会原谅他了——即便他这么做是为了救她。

"然后呢？"他问科妮利亚。

"走开，"科妮利亚说，"接下来是我要完成的使命了。"

科妮利亚朝威廉走来，拉开皮包的拉链。小蟑螂爬出来，顺着她的胳膊向上，然后躲到她的上衣口袋里。科妮利亚拿出球，把球放在地上的一个圆形金属盘上。球一碰到金属盘，他们上方的巨大圆环就开始旋转，一束耀眼的光射出来照在冷冻箱上。科妮利亚退后几步，目不转睛地盯着亚伯拉罕。他的身体开始一边发着光，一边朝旋转的圆环飘去。

威廉极力控制着自己走进传送门的冲动。圆环剧烈地震动着，他脚下的土地都在随之颤动。他感到一阵寒意爬上他的脊椎，知道自己即将失控。很快，他就将失去对自己身体的控制，一切都完了。

第三十三章

威廉看着亚伯拉罕朝光源飘去，寒意蔓延至全身。接着，肚子里的翻腾越发厉害，一阵绞痛来袭，就像是肚子上受了一记重拳。他的腿绵软无力，只能瘫倒在地，痛苦地翻滚。他咬紧牙关，痛苦地抬起头看向伊斯亚。伊斯亚已经摔倒在地，他想喊她的名字，但是嘴巴不听使唤。

科妮利亚背对着他，正注视着已经飘到半空的亚伯拉罕。科妮利亚赢了。威廉竭尽全力对抗自己想闭上眼睛的欲望，不让自己彻底失控。

科妮利亚的上衣口袋里一阵窸窣，那只蟑螂爬了出来——它的触角在空间中摆动，就像两把小小的剑。就在这时，威廉想出了一个主意。他想起来斯拉普顿在实验室里对他说过的话，这只蟑螂体内的骇金足够提升威廉的能力，但是这样做之后威廉是会变成机器，还是能继续保留他部分人类的特质，无从所知。

威廉感觉到自己整个身体都放松下来，仿佛身体知道他已经做出了决定。这是他唯一的机会了。他挣扎着坐起来，看着蟑螂趴在科妮利亚口袋的边缘。威廉又看向伊斯亚——她瞪大的眼睛里满是恐惧。她摇了摇头，好像知道他铤而走险的计划一样。

威廉突然感觉到一股强烈的怒气在体内升腾。他不能让科妮利亚和亚伯拉罕得逞。他要拼尽全力阻止他们——即便牺牲他自己也在所不惜。他挣扎着用膝盖跪地——痛苦难以承受，但是他逼着自己站起来，跌跌撞撞地走向科妮利亚。科妮利亚现在所有的注意力都集中在亚伯拉罕身上——再有几秒钟他就将进入传送门了。威廉停在她的身后。

伊斯亚坐起身来，威廉做出噤声的手势，示意她不要出声。他小心翼翼地朝蟑螂伸出手。开始，蟑螂似乎没有注意到他，然后他突然意识到蟑螂也和他一样处在失控中，威廉感觉到自己的心在狂跳。他一把抓住蟑螂跑开了。蟑螂在剧烈地震动，挣扎着想逃离，但是威廉紧紧地把它抓在自己的掌心。

科妮利亚猛地转身。"你在干什么，你这个小杂种？"她咆哮道，"还给我！"

"不！"威廉摇头道。

"我说，还给我！"科妮利亚尖叫着。

无法承受的痛苦变成了极度的愤怒。为什么自己要受科妮利亚的胁迫？为什么他必须在伊斯亚和全世界中做出选择？他不再关心自己接下来将发生什么，只要伊斯亚能够安全无虞，只要能阻止科妮利亚把亚伯拉罕送过传送门，其他什么都不重要。

科妮利亚举起机械手对准威廉，但是她犹豫了。这只蟑螂对她而言真的有那么重要吗？威廉展开拳头，看着蟑螂。它已经不再颤抖，只是躺着一动不动。

"把……它……还……给……我……"科妮利亚的声音因愤怒而颤抖。

威廉没有理睬她，继续后退，全神贯注地看着蟑螂。小小的银色液滴出现在蟑螂的壳上，好像它在出汗，而它的汗是金属。小小的液滴互相吸引着，就像液态的磁铁都聚集在一起，汇聚成更大的液滴。这正是威廉所期望的——骇金在离开蟑螂，被威廉体内更多的骇金所吸引。金属从蟑螂身上滚落，滴进威廉的手掌，接着消失在他皮肤的毛孔里。就这样，不见了。

威廉抬头看到科妮利亚正站在那儿瞪着他。这一刻，时间仿佛静止了。下一秒，他开始无法抑制地颤抖，好像一股能量射穿了他的身体一般。蟑螂体内的骇金和威廉自己体内的骇金融合了。他看着蟑螂从他的手上跳到地上，朝科妮利亚爬去。

威廉知道接下来该怎么做。他奔向金环下方的球。他能听到科妮利亚在尖叫，但是她的声音听上去就像是被人捂住了嘴，低沉而又遥远。她朝他扑来，但是就像是慢动作，像是在水下奔跑。威廉看到亚伯拉罕已经快要到达圆环了。他弯下腰，一把抓起了球。

他一拿走球，亚伯拉罕悬空的身体就不再移动，金色的圆环也不再旋转。威廉两只手握着球向后退去。他意识到自己战胜了失控。也许是他从蟑螂身上吸收了骇金的缘故，但是他感觉自己更加强大，注意力更加集中了。

威廉转过身正好看到科妮利亚朝他扑来——她的脸愤怒得都变形了。他向后倒去，两只手仍然紧紧地握着球，仰面狠狠地摔在地上，科妮利亚倒在他身上。一瞬间，时间回归正常。

"给我！"她大喊，露出一口黄牙，她恶心的呼吸刺痛了威廉的眼睛。科妮利亚用机械手对准威廉的头。威廉突然想起在飞机上机械手曾自己走动，科妮利亚又如何把它装回原位。他迅速放下了球，抓着机械手。机械手越来越响，强有力的一击蓄势待发——他马上就要像可怜的老庞多斯一样熔化在地里了。威廉紧紧握住机械手，用力朝一边扭去，接着又朝相反的方向扭动。轻轻的咔嚓一声，整个机械手被扭了下来。

"不！"科妮利亚尖叫着用另一只手来抢夺。威廉迅速站起身。"还给我！"她大喊着向他扑去。

威廉站在原处，用机械手对准她，同时按下所有的按钮。随着一声巨响，机械手射出一道光线，擦伤了科妮利亚的外套。

"你怎么知道如何操作的？"她尖声道。

威廉又一次按下按钮。机械手又射出一道光线，击中了她的肚子。科妮利亚飞了出去。威廉站在原地等她起身再次攻击，但是她一动不动。威廉走近，看到她的半个身体都已经熔化进地里了。她的双眼闭合，头垂在胸前。

传送门又开始震动。威廉环顾四周，看到弗雷迪正站在冷冻箱边上。不知为何球又已经回到了刚才的位置上，亚伯拉罕的身体再一次朝旋转的圆环飘去。

"弗雷迪？"威廉大喊，"你在做什么？"

"她在我的脑子里……她逼着我做这些事情，"弗雷迪喊道，"求求你阻止她！"

"你在说什么？"威廉喊道，"阻止谁？"

"对不起，威廉，"弗雷迪说，他的眼睛哭得通红，"是她让我骗你进古异馆的……"

"来不及了！"伊斯亚突然喊道，"快看！"

亚伯拉罕发光的身体穿过旋转的圆环，消失不见了。威廉不敢相信。他们输了。

"威廉，"他听到伊斯亚在身后大喊，"是弗雷迪！快阻止他！"

弗雷迪正朝着传送门下面的光柱中走去。

"站住！"威廉大喊，"站住！"

但是弗雷迪没有理睬，继续向前走去。

"弗雷迪！"威廉大喊着开始追他，"你在干什么！"

弗雷迪停下脚步看着伊斯亚。"对不起。"他说着踏进光束中。他的身体猛地一震，然后浑身失去了力量。他向后倒去，变成平躺的姿势，向圆环飘去。

"快阻止他！"伊斯亚大喊。这时弗雷迪开始像亚伯拉罕之前一样沿着光束上升。

威廉抓着弗雷迪的腿，但是拉扯弗雷迪向上的力量太强，威廉拉不动他。威廉松了手，惊恐地看着弗雷迪的身体消失在金色的圆环中。

就在这时，威廉知道他只剩下最后一个选择。他必须摧毁传送门，以防止其他人再穿过去，或者，更糟糕的，有人从那边过来。他迅速屈身捡起球拿在手里，光柱消失了，周围变得无比安静。震动沿着脊椎蹿上来，进入胳膊，球上古老的符号点亮了，随即炸裂在半空中。这些符号像一群鱼一样在他周围打转，又散开变成一小撮一小撮的。有的符号小一些，有的符号大一些。它们在他面前快速移动，撞上其他的符号，又在炸裂中形成新的符号。不同的色彩在他的眼前闪现，但是威廉知道自己应该盯着哪些来看。

他的手开始快速移动——比以前任何一次都要更快。他看到自己的脚突然离开了地面。他的意识闪回到在古异馆的那一天——他知道自己要快点破解密码，否则他会越飘越高。他的手以令人不可思议的速度扭转着古老的球体。一开始很难移动各个部分，但是很快它们就松动了，变得十分配合。是体内新增加的骇金加快了他的反应速度吗？应该是这样。

很快，他就解开了球上的密码，但是他的手没有停。他发现了一个更加隐秘的密码，不知为何他知道这个密码可以永远摧毁传送门。威廉找到了最后一块密码，巨大的圆环停止了旋转，金色的光芒慢慢消失，砰的一声，震耳欲聋，传送门坠地，震得整个大厅都在摇晃。

威廉坠落地面，周围的一切陷入黑暗。

第三十四章

威廉跑向伊斯亚扶她起来。"你还能走路吗?"

"应该可以。"她说。

伊斯亚的腿摇摇晃晃的,威廉扶着她,赶紧离开了毁损的传送门。

威廉扶着伊斯亚靠着墙坐下,伊斯亚问道:"都结束了吗?"

"我觉得是。"威廉答道。他看着传送门,又看向科妮利亚陷入地面的身体。

"她死了吗?"伊斯亚问。

"不知道。"威廉看到科妮利亚的机械手在离她不远的地上。有脚步声从身后传来,这时,高夫曼满头大汗,浑身是土,冲进房间。

"发生了什么?"他用颤抖的声音问道,"亚伯拉罕呢?"高夫曼看着威廉,威廉摇了摇头。

"弗雷迪呢? 他在我们之前跑过来了⋯⋯"

威廉正准备回答,但看到外公走进了房间。外公也看到了威廉,于是一瘸一拐地向他走来。

"你们两个都还好吗？"外公问道。

威廉点点头。"但是亚伯拉罕……"

"你做得很好，"外公看着地上的圆环说道，"反正他们也没法用传送门再回来了。"

外公自豪地看着威廉。他正准备说点别的，威廉身后的什么东西引起了他的注意。

科妮利亚在动。她的右手想拿什么东西。

机械手。

下意识地，威廉已经跑向了科妮利亚，就在这时，她拿到了机械手，掉转方向，指向威廉。一道耀眼的亮光闪过，光线没有击中威廉，威廉继续狂奔——得阻止她，不能让她再次射击。

然后，科妮利亚的举动出乎所有人的意料。她把机械手对准她自己……开了火。一道光闪过，她消失了，只剩下机械手，当啷一声落在地上。威廉停下脚步，不可思议地看着地上的洞。

"威廉！"伊斯亚喊道。

威廉转身。看到外公躺在伊斯亚身边的地上，他的心沉了下去。

"光线……"伊斯亚喊道，"击中了他……"

"不……"威廉大喊着跑回外公身边。他扑通一声跪地，抱着外公的头。外公的身体开始变得透明。

"求求你，不要……"他大喊道。

"威廉，"外公摊开手掌，手心里是一根挂在链子上的记忆棒，他轻声说，"拿着。挂在你的脖子上。它现在是你的了。"

威廉把链子挂在脖子上，双眼一直注视着外公。

"对不起。"威廉开始啜泣。

"你以后要靠自己了，"外公笑着说道，"你要继续我未竟的事业，竭尽全力阻止亚伯拉罕再回来。"

"但是我要怎么做？"威廉轻声道，"我不知道怎么做……"他还有那么多问题想问外公——那么多事情想和外公分享——但是他不知道说什么，不知道该做什么。

"研究所会帮你的……"外公说。

威廉呆坐着。他知道自己没有办法救外公，看着外公的脸越发苍白，他的泪水滚落脸颊。他抱着外公的头，发现他能够透过外公的前额看到自己的手指了。

"永远不要忘记我有多么爱你，威廉，"外公说，"还有我多么为你骄傲。"

威廉感到外公快要消失在他的手中了，就像细沙流过指缝，他抓得越紧，外公消失得越快。

"外公……"威廉痛苦地呜咽，"不要离开我……求求你……"

威廉盯着刚才外公躺着的地面。他不敢相信这一切。

外公消失了。

第三十五章

威廉坐起身，睁开眼睛。他满头大汗，呼吸急促。那种感觉好像是他刚刚冲上山顶，但其实不是。他环顾四周，发现自己在一架飞机上，身边都是人。又过了一会儿，他才意识到自己已经脱离险境了。

威廉靠在椅背上，回忆起自己和伊斯亚、高夫曼还有两个司机机器人艰难地下山，后来高夫曼开车送他和伊斯亚到机场，一路上都没有人说话。高夫曼为他们订了回英国的机票。他也想起了洞穴中所发生的一切。弗雷迪……还有外公。带着沉重的心情，他回忆了每一个细节。好像有一股看不见的力量在拉着弗雷迪穿过传送门——他还是不太理解为什么科妮利亚要杀害外公。他在想是不是还有什么他能做的，可以救他们的事情。

威廉看着自己的手。他成功地克服了失控，吸收了蟑螂体内的骇金，现在也还活着。传送门已被摧毁，亚伯拉罕不可能再用传送门回来了。但是，外公死了。弗雷迪肯定也死了。他为拯救世界所做的一切都被厚厚的乌云所笼罩，他所收获的与失去的相比简直不值一提。这一切就像是一个永远都醒不过来的噩梦。

"我是机长，"扬声器中传来一个声音，"飞机已经开始降落，约二十分钟后于伦敦机场着陆。"

"终于，"一个声音对他说，"你醒了。"

威廉抬头看到伊斯亚站在他身边的过道上。她从他身边挤过，回到了自己的座位上。她一只手里拿着一小包坚果，另一只手里拿着一盒苹果汁。

"想着你醒过来的时候可能会饿，"伊斯亚说着举起手里的坚果和苹果汁，"你已经连续睡了十一个小时了。"

"谢谢。"威廉说着接过盒子，打开，咕咚咕咚地灌下香甜的果汁。然后，他接过坚果。真是饿坏了。他能够感觉到咀嚼的时候坚果充满了他的口腔。他的样子肯定很滑稽，因为伊斯亚咯咯地笑了。

威廉吞下了坚果，把空袋子和空盒子塞在前面座位的口袋里。好像已经沉睡了很多年似的。突然，他想起外公给他的记忆棒。他摸了摸胸前，什么都没有。那根链子不见了。他突然感到一阵恐慌。

"我把它放在你的口袋里了，"伊斯亚指着他的上衣安慰道，"你在睡梦中一直想把它扯下来——我担心你把链子拉断了。"

威廉把手伸进口袋，摸到了记忆棒。他稍稍松了口气，又把它挂在了脖子上。

他们沉默了一会儿。

"我不敢相信，"威廉喃喃自语，"他就这样去了……"

"我知道，"伊斯亚靠着椅背说，"一点都不真实——让人难以接受。我从来没有想过他真的会死。"

"是啊。"威廉轻声应道。

他低头看着记忆棒，说："不知道上面记录着什么。"他不想再继续这个话题，想到外公已经永远离去，实在是太痛苦了。

"我们很快就会知道的。"伊斯亚说。

"弗雷迪……你觉得他穿过传送门后还可以活命吗？"威廉看着伊斯亚问道。

伊斯亚的脸变得僵硬而又苍白，随即垂下了视线。

"我不知道……我不明白他到底怎么了，"她轻声道，"好像有人逼迫他这么做。"

"在他穿过传送门之前，他为在古异馆骗我解开球的事情道歉了……我觉得是科妮利亚从头到尾都在控制着他。你觉得现在他和亚伯拉罕在一起吗？"

"我希望不是，"伊斯亚说，"不过话说回来，如果是的话，至少说明他还活着。"

威廉再次看向窗外。"我有种奇怪的感觉，在未来的某个时间我们会再见到他的。你要回到研究所去吗？"威廉问。

"研究所是我的家，"伊斯亚淡淡地笑着说，"我没有其他地方可以去。"

"为什么？"威廉问。不知道其中缘由令他感到很难受。

"有一天我会告诉你的，"伊斯亚说着把头转向一边，看向窗外，"你呢？你要回来吗？"

"我不知道，"威廉挠着头说道，"既然外公已经……"

威廉没有说下去。他陷入了沉思。也许在古异馆发生的事情之后研究所也不想要他再回去了。他也没有能够阻止科妮利亚把亚伯拉罕和弗雷迪送过传送门。他不觉得自己像一个英雄。

"我想他们现在非常需要你。"伊斯亚安慰地笑道。好像她能读懂他的心思似的。

"也许吧。"

突然伊斯亚变得严肃起来。"你那时候真的打算那样做吗？"她耳语道，仿佛不想让任何人听到似的。

"哪样？"威廉问，但他其实知道她在说什么。

"帮助科妮利亚送亚伯拉罕穿过传送门？"

威廉不知道怎么回答。

"整个地球的安危比我个人重要得多。"她低声道。

　　"我知道。"他这样说，但是内心深处他不确定自己是否真的这样认为。对于他来说，伊斯亚已经变成整个世界中最重要的人之一了。

　　伊斯亚凝视着他。她正准备说点什么，一个小女孩的声音打断了她。

　　"我知道你是谁。"那个声音说道。

　　威廉抬头看到一个小女孩从他们的前座上探过头来。

　　"啊?"他不解。

　　"我知道你是谁，"小女孩又说了一遍，"我在电视上见过你。"

　　威廉突然明白了小女孩在说什么，胸口一紧。她应该是看到过他在电视上输给了维克托·汉森的画面。

　　"你是威廉·温顿，"小女孩说道，"世界上最伟大的密码破译大师。"小女孩手里举着什么东西，威廉一眼就认出来了："难解之谜"。威廉在电视直播上没能解开的玩具密码。

　　威廉看着塑料圆筒。许多不好的回忆向他涌来：第一次失控、维克托·汉森的幸灾乐祸、恐惧和不安全感。

　　"这个是哪里来的?"威廉问。

　　小女孩好像看着外星人一样看着威廉。

　　"当然是在玩具店啊，"她说，"每个人都有的。"

威廉环顾机舱。许多乘客都在看他，也有些人在交头接耳。

"我已经试了很多天了。"他身后的一个人说道。

威廉转头看到一个小男孩站在他身旁的过道上。他也举着"难解之谜"。"简直不可能解开的。"

"是的，很难。"一位西装革履的男士隔着几排座位说道。他也举着同样的玩具，朝威廉微笑着。

"看来确实是人手一个。"伊斯亚环视机舱耳语道。

"你能帮我解开吗？"威廉前座的小女孩举着她的玩具问道。

威廉有些犹豫。

"求你了！"小女孩说。

"试试嘛！"过道上的男孩说道。

威廉感到自己的胃收紧了。是的，这让他想到那次致命的电视亮相，只是那时候，他还不知道失控背后的一切。但是现在他已经把那些问题都解决了。他再次看向"难解之谜"，想到了一些事。这该死的玩具是他唯一没能解开的密码。唯一的。威廉看着伊斯亚。

"试试又不要紧……"她耸了耸肩，笑了。

威廉感受到自己的心跳在加快。他的身体一阵刺痛。

"好的。"他说。

小女孩把"难解之谜"放到他的手上。威廉靠着椅背，观察着塑料圆筒。所有人的目光都注视着他，整个机舱都陷入怪异的宁静之中。

他闭上双眼。身体里立刻开始了颤动，就像从前一样，一开始是在肚子里，接着沿着脊椎上升，最后到达双臂。身边的一切都慢慢消失，很快，他眼前只剩下"难解之谜"。

颤动传递到双手，接着就消失了。有几秒钟，威廉感受不到任何异样。他以为自己又一次没能解开这愚蠢的玩具。然而颤动带着复仇的姿态又回来了，他的手指开始移动，越来越快。时空都消失了，威廉高度集中，浑然忘我。

玩具突然从他的手中跌落。威廉回过神看着地面。是像电视直播上那样，他又把玩具跌落在地了吗？

随即他的耳边响起掌声和欢呼声。他身边几乎所有的人都高举着双手，脸上绽放着灿烂的笑容。他看着伊斯亚，伊斯亚笑着拍了拍他的背。小女孩把解开的玩具高举着，大喊。

"他解开了……我就知道他能解开！"

威廉看着玩具。小女孩说得没错！圆筒已经分成两半了。

"而且你创造了一个新的世界纪录，"他身边的男孩兴奋地说，他看着自己手里拿着的手机，"十三秒。维克托·汉森的纪录是超过一分钟。"

虽然只是个塑料玩具，但是威廉从来没有感觉自己解开一个密码后这样的如释重负。威廉·温顿，享誉世界的解码大师又回来了。

第三十六章

　　威廉在自己房间的门口驻足。他刚回到家两个小时——之前他在研究所待了几天，听取了大家的汇报，接着他们为外公举办了正式的丧礼。他一回到家，妈妈就一直在拥抱他，给他做烤薄饼，而爸爸则想知道发生的一切的细节。他们为外公的去世而感到痛苦，但是，威廉能安全回家也让他们如释重负。

　　尽管他才离开了几周，但时间仿佛已经过去了好几年。他再也不是过去的那个自己了。他比过去更强大了。威廉的目光注视着外公留给他的旧书桌。他感受着冰凉的木材，抚摸着多年以前外公刻在桌子表面的奇怪记号和符号。然后他看到了妈妈放在书桌上的报纸，首页上写着："难解之谜"新纪录：13秒。威廉·温顿果然是天才吗？维克托·汉森认为解谜过程犯规，要求重赛。

　　威廉把报纸折起来，塞进书桌的一个抽屉里，坐在椅子上。

　　他打开笔记本电脑，取下还挂在脖子上的记忆棒。他想等自己孤身一人的时候再看外公留给他的东西。他把记忆棒插进电脑一侧的 USB 接口中，等待着。他满怀期待地盯着屏幕，腿兴奋地抖动着。但是什么都没有——就好像电脑没有装载这个驱动一样。失望之情涌上心头。他本希望里面会有什么东西能让他好受一些的。也许是外公的一条信息，也许甚至是一条视频信息呢。

他把驱动从 USB 接口拔了出来，过了一会儿，又插回去。还是什么都没有。威廉失望地合上电脑，从椅子上站起身，转身走向门口。

"你去哪儿？"他身后一个声音说道。

威廉停下了脚步。

"你得多一点耐心。"那个声音说道。这个声音听上去有点熟悉，他缓缓转过身。但是房间里没有别人。

"回来。"那个声音说道。

威廉看着手提电脑。这不可能。

"你还在等什么？"那个声音说道。

威廉感觉好像有一股电流穿过了自己的身体。不会。那……不可能。他打开电脑。一开始屏幕上一片空白，接着一张熟悉的脸出现了。

"你好像很惊讶。"托比亚斯·温顿笑着对他说道。

"我……我……"威廉结结巴巴。他太惊讶，已经不知道要怎么说话了。

"能听到我说话吗？"外公说。

威廉点了点头。

"很好，"外公说，"我一开始还担心软件出错了呢。"

"软件？"

"是的，我的软件。"

"你的？"威廉现在十分困惑。"你是谁？"

"我就是我啊。"外公说。

"但是怎么……你……你已经死了。"这样说出来实在太奇怪了。

外公看上去有点不太开心，好像他不知道似的。

"你稍后可以告诉我发生了什么……那我肯定是把闪存驱动给你了？"

威廉手足无措，只有点头。

"我去年花了一整年的时间把我的大脑数字化了。"外公解释道。

"那意味着是真的你在里面？"威廉问。

"当然，"外公说，"我刚刚结束数据备份，应该是和一周前的事情有关。"

威廉凝视着外公的脸。就好像在和他视频通话一样。

"所以其实你没有真的死？"威廉问。

"是的。我还是我。只是我暂时……还没有身体。"外公笑了，威廉也跟着笑了，"总之，我相信你和研究所有了我的帮助还能支撑得更久一点吧？"

"是的。"威廉笑着说。

威廉此刻比任何时候都更加需要外公。外公是家人，也是他永远的英雄。

威廉·温顿

科幻系列

《无人能解之谜》

《隐秘之门》

《失落之城》